Michel Théron

AF143596

Amours

Micro-fictions

Édition : BoD • Books on Demand GmbH, In de Tarpen 42,
22848 Norderstedt (Allemagne)
Impression : Libri Plureos GmbH, Friedensallee 273, 22763
Hamburg (Allemagne)

ISBN :978-2-3225-4363-2

Dépôt légal : janvier 2023

AVERTISSEMENT

Les petites fictions qu'on va lire tournent autour de l'amour. Elles illustrent certains aspects que peut prendre le sentiment amoureux, et certaines situations dans lesquelles il se manifeste. Quelques unes de ces micro-fictions ont rapport avec ma propre vie, mais pas toutes.

On trouvera dans mon autre ouvrage *Savoir aimer – Entre rêve et réalité* (BoD, 2022) des considérations à mettre en rapport avec celles contenues dans le présent livre.

En fait ces deux ouvrages peuvent s'éclairer l'un l'autre, et constituent les deux volets d'un diptyque, l'un illustrant de façon narrative ce que l'autre analyse de façon philosophique.

M.T.
août 2024

LEQUEL DES DEUX ?

La fusion intime de deux êtres, on rêve toujours qu'elle soit réalisée dans la rencontre amoureuse. Ce serait comme deux flammes de deux bougies, qui rapprochées se fondraient l'une dans l'autre, pour finalement n'en faire qu'une. C'est un beau mythe, et un bel espoir. Mais la symbiose, l'union parfaite, qui supprimerait la différence, gommerait l'altérité, qui a déjà pu la réaliser ?

Dans cette image, un visage semblerait y aspirer, quand il est vu regardant vers le haut. Mais l'autre (le même en vérité, mais vu autrement) regarde vers le bas, et semble taraudé par l'inquiétude. Nulle part on ne voit réalisée ici l'espérance de ne faire qu'un, et l'altérité gommée.

Quelle que soit la mise au point visuelle et mentale que l'on y fait, les deux visages demeurent séparés. Et ce n'est pas l'un *et* l'autre, c'est *ou* l'un ou l'autre. La vision n'est jamais simultanée, mais toujours alternative.

De même dans la vie on cherche toujours à partir de deux à ne faire qu'un. Mais en fait, on s'en aperçoit bien souvent, la question est toujours de savoir : lequel ?

L'image montre une étreinte. Certains disent que peut s'y réaliser l'union parfaite. Mais on voit dans l'image qu'au sein même de l'union physique peuvent subsister doute et anxiété. On n'y *possède* rien, et surtout pas le partenaire, malgré ce que le langage dit en pareil cas.

Multiple et complexe donc est l'amour humain. Il ne se laisse pas réduire à ce qu'en pourraient dire les *feel good books*. C'est pourquoi les variations et micro-fictions qui suivent évitent tout catéchisme, en explorant les aspects fort divers où chaque fois s'actualise le sentiment amoureux.

RENDEZ-VOUS

Rendez-vous avait été pris avec elle dans le centre commercial. D'elle il ne connaissait que sa voix au téléphone, si douce et jeune, apparemment. Maintenant il cherche, regarde autour de lui. De la foule anonyme va-t-elle surgir, pour une énième déception ? Comment est-elle en réalité ?

Bonjour, c'est moi que vous cherchez ? Il se retourne, une grande silhouette en manteau jaune lui fait face. Le visage s'illumine d'un beau et avenant sourire. Il voudrait être ailleurs, disparaître sous terre.

Mais elle tente de le rassurer, en lui proposant de s'asseoir à la terrasse du café, pour prendre un verre.

Il ne la regarde pas. En un instant toutes celles qu'il a rencontrées précédemment s'évanouissent, retombent à leur néant. Mais comment affronter maintenant ce sourire, comment en être digne ? Et que se passera-t-il s'il disparaît lui aussi de sa vie ? Elle parle toujours, et il est paralysé, par la peur de ne pas lui plaire. Il sent les larmes lui monter aux yeux. Il essaie de garder contenance.

De toujours confiance et assurance l'ont déserté. Personne, pense-t-il, ne peut s'intéresser à lui. Aussi ne s'est-il jamais avancé vers quiconque, et s'est-il protégé par la façade froide des angoissés qui veulent donner le change. Et dans la moindre marque d'intérêt il voit un essentiel miracle, gommant sa disgrâce.

Mais elle continue de parler, et dans l'invite de ses paroles il devrait voir une leçon qu'elle lui adresse. Pourquoi n'a-t-il pas confiance ? Cela cadre si mal, d'ailleurs, avec ce qu'elle suppose de son statut social : professeur, lui a-t-il dit. Il doit bien avoir l'habitude de parler...

... Le sourire est un phare qui devrait guider tous les naufragés. Celui-là s'exprime vraiment, il engage à lâcher prise, à abandonner les défenses. De quoi demain sera fait, personne ne le sait. Mais l'instant d'aujourd'hui encourage à faire confiance. Pourquoi résister ? De toute façon la bataille est perdue, le masque de défense est tombé, il est vain de se demander ce qui arrivera plus tard, puisque l'essentiel est déjà arrivé.

La voix maintenant est caressante, quasi-maternelle. Sa musique dit qu'il ne sert à rien de se protéger, que le sort n'est jamais entre nos seules mains. Vous êtes défait, Monsieur. Abandonnez-vous...

RENDEZ-VOUS !

COMME IL FAUT

Et la Mère, fermant le livre du devoir,
S'en allait satisfaite et très fière, sans voir,
Dans les yeux bleus et sous le front plein d'éminences,
L'âme de son enfant livrée aux répugnances.
Rimbaud

Songe à tout ce que j'ai fait pour toi. Depuis ta naissance je t'ai dorloté, choyé. Il n'y en avait que pour toi dans la maison, et j'ai même délaissé ton père pour ne m'occuper que de toi. Tous les sacrifices qui s'imposaient en ta faveur, je les ai faits. Tu as été mon seul amour.

Et maintenant, voici que tu veux choisir ce métier de saltimbanque, qui te fera vivre dans la précarité ! J'ai l'expérience de la vie, crois-moi. Toi, tu ne l'as pas, et donc tu dois te fier à moi dans ce domaine. Tente plutôt de prendre un métier à revenus garantis, fonctionnaire par exemple. Les rêves ne sont pas tout dans la vie. Il faut manger ! Réfléchis au moment de faire ton choix, et tu m'en remercieras plus tard.

Une belle situation, stable et reconnue de tous, c'est toujours ce que j'ai imaginé pour toi. Vois combien nous sommes proches en fait. Je t'ai porté dans mon ventre neuf mois, et ensuite tu es né : tu es une partie de moi, je te connais parfaitement parce que je t'ai fait. Souvent tu m'as montré ton affection : montre-la encore dans le choix de ton métier, en suivant mes conseils. Beaucoup n'ont pas, comme toi, une mère aimante. Choisis ce que tout être raisonnable ferait à ta place, choisis comme il faut.

– Je t'ai montré mon affection depuis que j'étais tout-petit ; c'est ce que tu dis, mais peut-être t'es-tu illusionnée là-dessus. Maintenant en tout cas j'ai grandi, et je vois que cet amour que tu prétends me porter, tu m'en accables. Et tu détruis mes rêves. Je ne suis que le reflet de tes désirs à toi. Tu ne me respectes pas, tu ne laisses pas libre quand tu me sommes de choisir, dis-tu, comme il faut. En vérité, toi-même tu ne m'aimes pas COMME IL FAUT.

L'ÂME-SŒUR

Elle voulait rencontrer son âme-sœur, qui l'accompagnât toujours dans sa vie, à qui elle pût se confier et de qui être parfaitement comprise. Il pouvait aussi lui faciliter matériellement l'existence, et remédier à tous les petits problèmes quotidiens, qui découragent par leur mesquinerie l'âme éprise d'idéal : démons de faible envergure, perpétuellement tourmenteurs.

Un jour, mon prince viendra. Elle se remémorait la chanson, qui la faisait rêver depuis qu'elle était petite. Mais peut-être aujourd'hui cherchait-elle aussi sans se l'avouer un Monsieur Bricolage. Et la Maison du Berger de la poésie romantique pouvait n'être pour elle qu'un mobil-home, au moyen duquel l'élu de son cœur la conduirait au long des routes, dans la découverte de pays toujours nouveaux. Elle avait besoin d'un compagnon pour voyager. Ne dit-on pas qu'ailleurs l'herbe est plus verte ? Et aller ailleurs, n'est-ce pas être autre ?

Ne supportant pas la solitude, le besoin la torturait d'une présence toujours constante à ses côtés. Elle en serait occupée, et dispensée de penser à elle, ce qu'elle n'aimait pas et évitait le plus possible.

Un jour, elle écrivit une annonce pour un site de rencontres :

N'EN POUVANT PLUS DE SOLITUDE, CHERCHE
L'ÂME-SŒUR

Suivait une liste impressionnante de ses désirs, minutieusement catalogués, dans la limite malheureusement de l'espace typographique qui lui était imparti.

L'annonce parut, mais nulle réponse satisfaisante ne venait. Elle se demandait si elle l'avait bien rédigée. Pour s'en éclairer, elle résolut de rendre visite à l'Agence qui l'avait publiée.

Sur le chemin, la devanture d'un magasin retient son attention. Et en grosses lettres dorées, sur la vitrine, elle lit :

L'AMI SÛR

Alléchée, elle baisse les yeux. N'y avait-il pas là un signe du destin ? Allait-elle trouver là ce qu'elle cherchait depuis toujours, l'âme sœur, un compagnon pour la vie ?

Et plus bas elle voit, installé sur une étagère, dans son bocal, un poisson rouge.

ON VERRA...

Il danse avec elle, dans cette surprise-partie réunissant des étudiants. Pour lui, très timide d'habitude, c'est très inaccoutumé. Pour l'occasion, il a dû se jeter à l'eau.

Elle lui plaît beaucoup, avec ses longs cheveux bruns dénoués. La musique aidant sa main, il les caresse, de façon de plus en plus marquée. Aucune prévision, aucun calcul en lui. Simple impulsion.

Alors se produit une grande surprise, et pour lui un événement majeur. Voici qu'elle répond à son geste, se presse contre lui, sans rien dire. Il l'a réveillée.

Maintenant c'est comme si le ciel s'ouvre d'un seul coup. Comment peut-il avoir mérité cela ? Du plus profond de son passé lui vient l'image d'un être inhibé, replié sur lui-même. Il n'a eu jusque là aucune initiative amoureuse, il n'a fait aucun premier pas. Désert de solitude. Insondable naïveté.

Le miracle est si grand qu'il efface tout. Toute son existence s'éclaire. Une impression merveilleuse l'envahit : celle du début enfin de quelque chose, l'arrachant à son passé si dur à porter.

La danse finie, la musique éteinte, il la raccompagne, tenant sa main, et lui murmurant qu'ils ne doivent plus se séparer désormais.

La réponse vient, et l'atteint à bout portant :

– ON VERRA..

LA CHEVELURE

L'amour est mort j'en suis tremblant
J'adore de belles idoles...
Apollinaire

Elle était vraiment belle, longue et souple, odorante aussi. Il se plaisait à la caresser longuement. Et aussi il y trouvait des réminiscences littéraires, qui le flattaient. De celle qui la portait il gardait, dévotement, une photo où les cheveux dénoués recouvraient partiellement la guitare dont elle était en train de jouer. Jamais il n'eût cru pouvoir être à pareille fête. Si terne avait été sa vie, jusque là ! Et si difficile le milieu où il avait passé son enfance !

Cette vision magique, sans doute crut-il alors pouvoir la pérenniser en épousant la jeune femme. Ils vécurent donc côte à côte quelques années.

Progressivement il s'aperçut alors que la chevelure était dotée de parole, en la personne de sa propriétaire, qui ne manquait pas, hélas !, d'en faire usage. L'abîme qui les séparait désormais alla croissant de jour en jour. Ce n'étaient que récriminations sur ce qu'il était : pourquoi restait-il identique à lui-même ? Ne pouvait-il évoluer ? Vraiment elle s'était trompée sur son compte, en espérant qu'un jour elle pourrait le voir changer, en l'arrachant à son milieu familial anxiogène pour lui faire connaître autre chose que ce qu'il avait connu : son entourage à elle, la sphère où elle évoluait, milieu évidemment plus équilibré.

Mais lui n'en avait cure. Paradoxalement il tenait, malgré les déconvenues qui lui en étaient arrivées, à tout ce qui avait entouré son enfance. Au moins cela était à lui, et non pas le monde factice et superficiel où on avait voulu le transplanter. Et il se consolait en contemplant la photo de la guitariste aux cheveux dénoués.

Muette, elle ne décourageait aucun rêve, ne s'opposait à aucune imagination. Il avait donc toute licence de s'y livrer. C'est peut-être là, se disait-il, l'emblème véritable de mon amour, tel que j'aurais voulu l'éterniser. Au moins cette image me restera-t-elle, et je pourrai, sur l'être réel que je vois maintenant, hélas !, à mon cœur défendant, projeter cette vision. Et j'y trouverai peut-être compensation : le souvenir de ce qu'il a été pour moi balancera ce qu'il est maintenant sous mes yeux.

Mais un beau jour (un vilain jour), elle revint avec les cheveux courts. La fantaisie l'avait prise de les faire couper.

Ce fut pour lui un écroulement. De quel droit avait-elle fait cela, sans même l'en informer auparavant ? La photo n'avait plus lieu d'être, puisque ce qu'elle représentait n'existait plus. Et voir quotidiennement celle qu'il ne reconnaissait plus, qui n'était pour lui désormais qu'une étrangère, lui était impossible.

Il la quitta, ne l'aimant définitivement plus.

Et revenu de son rêve il tira de son histoire une moralité :

SI LES FEMMES VEULENT
CHANGER LES HOMMES,

LES HOMMES NE VEULENT PAS
QUE LES FEMMES CHANGENT.

BADINAGES

En pensant à Brève histoire d'amour,
de Kieslowski

Les hommes l'avaient fait beaucoup souffrir. Égocentriques, pervers, manipulateurs, elle n'en avait rencontré aucun qui s'intéressât vraiment à elle. Tous ne voulaient que profiter d'elle, sans aucun égard.

Aussi les englobait-elle tous maintenant dans une identique détestation. Longtemps, elle souffrit seule. Puis un jour, relevant la tête, elle se dit qu'elle pouvait prendre sa revanche. Et la peine qu'ils lui avaient faite, elle se promit bien de la faire à son tour à un membre de cette gent masculine qu'elle exécrait.

*

Il était jeune, nouveau au monde, qu'il admirait naïvement pour tout ce qu'il espérait en recevoir. Ses lectures lui en montraient les prestiges, spécialement celles qui contenaient des histoires d'amour. Il n'en avait encore connu aucune, et il lui tardait qu'une survînt pour lui, pour l'illuminer à jamais.

Elle était là, devant lui, dans le bureau de poste près de son domicile, appuyée au guichet et demandant quelque chose au fonctionnaire. Ses cheveux blonds dénoués, sa taille, toute son allure l'anéantirent. Paralysé, il ne pouvait, lui semblait-il, survivre à cette sidération.

Mais ayant machinalement jeté un regard dans sa direction, elle l'aperçut, le fixa quelques instants, et enfin engagea la conversation. Il ne fut pas même surpris, comme l'aurait été n'importe qui, de cet embryon de familiarité. Tout à son rêve, il répondait à chaque question, comme si ce fût un autre qui parlait. Elle lui fixa un rendez-vous pour le lendemain, dans le parc près de la poste où ils s'étaient rencontrés.

*

Alors commença le badinage. Elle dirigeait toute la conversation. Lui se perdait dans la contemplation de l'être séraphique qu'il voyait, et dont les lèvres lui ouvraient le ciel.

Elle prenait plaisir à l'interroger sur la façon dont il voyait le monde. Et devant toute la naïveté qu'elle entendait, intérieurement elle se disait qu'elle n'aurait pas pu faire une meilleure rencontre.

Petit à petit augmentait leur proximité. Elle en vint à parler de l'amour. Lui disait que c'était la chose la plus importante de l'existence, qu'un monde sans amour est une lanterne sans lumière. Il ne l'avait pas encore connu, mais il espérait qu'il viendrait bientôt, et qu'il saurait en quoi il consiste. Elle acquiesça, disant qu'en effet ce serait le cas. Cette parole le transporta.

Enfin, elle lui fixa un rendez-vous chez elle, lui disant qu'il aurait à cette occasion une belle surprise.

*

Le cœur battant, un bouquet de fleurs à la main, il appuie sur la sonnette. Elle lui dit que la porte est ouverte, il n'a qu'à la pousser et entrer. Il fait un pas à l'intérieur de la pièce, et voit deux corps nus enlacés sur le tapis. L'un deux se lève, vient vers lui, et froidement elle lui dit : « L'amour, ce n'est que ça ! ».

Il s'enfuit.

*

Elle badine maintenant avec l'homme, une vague relation qu'elle a convaincue de se prêter à cette mise en scène. Vengée, maintenant, assurément elle l'est, ne le croit-il pas ? Voilà qui est bien fait. Tiens, si on l'appelait, pour voir ce qu'il devient ?

Elle fait le numéro. Une voix étrangère répond. C'est SOS médecins. Le jeune homme est à l'hôpital : il a tenté de se suicider.

Comprendra-telle ? Il est bien rare que les êtres se rencontrent dans la vie en étant au même niveau d'évolution. C'est le tragique de certaines rencontres. Celui qui est déjà désillusionné peut en tuer un autre en détruisant ses illusions toutes neuves. La moralité n'en est pas nouvelle, mais éternelle :

ON NE BADINE PAS AVEC L'AMOUR.

JE PENSE QU'IL PENSE QUE...

I

Je voudrais tant lui faire plaisir ! Par exemple il doit vouloir que nous nous voyions plus souvent, depuis que nous avons découvert tant d'affinités entre nous. Bien sûr cela me coûtera, par le trajet supplémentaire que j'ai à faire pour le rejoindre, et aussi par les obligations impératives que m'impose, à côté, ma vie passée. Mais enfin il faut ce qu'il faut. Conformons notre histoire à ce que je crois être un vrai couple : être le plus souvent possible auprès de l'autre, multiplier les attentions que cette proximité rendra plus fréquente. Sinon notre histoire restera toujours en pointillés.

II

Quelques mois plus tard...

Vraiment je ne sais s'il se rend compte de ce que je fais pour lui. Cette cohabitation dont j'ai pensé qu'elle lui faisait plaisir, voici qu'elle est pour moi source de bien des déceptions. Il manque d'attentions à mon égard, prétexte sa propre fatigue pour ne pas me les accorder. Lui n'a rien changé à ses habitudes, et moi qui ai voulu, pour lui, bouleverser les miennes, je n'en suis pas récompensée. Sans doute me suis-je trompée dans la décision que j'ai prise d'une proximité maximale. C'était pourtant pour lui que je m'y suis résolue. Cela m'apprendra, je pense. En attendant, je suis lasse d'être ainsi écartelée, et je lui fais part par courriel de mes griefs. Si rien ne change, sans doute un jour viendra-t-il où je lui dirai, enfin, que notre histoire est terminée.

III

Réponse au courriel

Ma chérie,

j'ai bien reçu ton courriel et tes reproches. La seul réponse que je peux te faire, quand tu me dis avoir pensé que ce rapprochement de notre couple me ferait plaisir, est que JE NE TE L'AI JAMAIS DE-MANDÉ.

Trois choses donc seulement. D'abord je crois que dans un couple toute présupposition sur ce que pense ou sent l'autre, sans qu'il y ait parole effective pour le formuler, est dangereuse. C'est une projection qui peut mener au pire, surtout quand on préfère ensuite trancher dans les situations plutôt que patiemment essayer de les dénouer.

Ensuite je pense qu'il faut se méfier de la doxa sociale, qui dit qu'un couple sans cohabitation n'est pas un vrai couple. Bien plutôt c'est la hâte qu'on met pour installer cette présence constante de l'un face à l'autre qui peut le détruire. C'est un sujet qu'il faudrait développer bien longuement.

Enfin comme tu parles de sacrifice dans le choix que tu as fait, je pense que tu es comme moi hostile au sacrifice qui ignore la nécessaire prise en compte minimale du moi de chacun. On ne bâtit rien de solide sur le renoncement à soi, sur l'abnégation.

Notre histoire, je la vois non pas comme terminée, mais comme à construire, comme c'est le cas pour les vraies histoires. Vu les affinités qui nous rapprochent, je pense que tu en seras d'accord.

À toi, toutes ces pensées.

M.

MAUVAISE TACTIQUE

Il l'aimait, mais elle ne l'aimait pas. Il eût pu alors passer simplement son chemin, et comme on dit aller voir ailleurs. Mais il ne pouvait se résoudre à rester sur un échec. Il avait lu des livres, vu des films traitant de cette situation. Il pouvait bien s'en inspirer quant à la sienne. En particulier d'un moyen ingénieux et assurément infaillible qu'il avait repéré et retenu pour conquérir le cœur de quelqu'un.

Il décida donc de la rendre jalouse, et se mit à courtiser une de ses amies. Il guettait désormais le moindre signe de contrariété décelable chez l'élue de son cœur. Mais rien apparemment ne lui signifiait une quelconque colère. Au contraire, elle semblait parfaitement s'accommoder de cette situation. Cependant il s'accrochait à son projet et persistait à chercher la présence de marques d'intérêt dans ce qui n'était pour elle qu'un soulagement de se voir délivrée d'un importun.

En attendant, celle qu'il courtisait était persuadée de sa sincérité, et faisait des projets de vie commune avec lui. Et plus il se faisait pressant avec elle, plus elle croyait à l'authenticité de ses sentiments.

Au fil des mois, grandit leur intimité au point qu'elle devint enceinte. Elle fut contente de cette preuve d'amour, et lui ne put ni ne voulut la détromper. Devenu père, il ne lui restait qu'à prendre ses responsabilités, comme on dit encore. Et il l'épousa.

Au mariage assista celle qu'il aimait. Mais à son bras était une autre désormais.

Le soir, il pleura, sans que sa femme pût comprendre.

Il lui dit que c'était de bonheur, et elle le crut.

Et toute sa vie il porta le deuil de son seul amour.

Tant il est dangereux de jouer, et si hasardeuses sont toutes les tactiques !

THABORISME

Son amour pour elle diminuait à proportion qu'elle vieillissait, et qu'il la voyait changée. Il avait aimé un visage jeune et beau, et maintenant les rides faisaient leur habituel office, la peau devenait flasque et tavelée. Que ne pouvait-il la revoir comme autrefois, au temps de sa splendeur !

Elle souffrait de son éloignement, se demandant s'il l'avait vraiment aimée. Si l'on aime quelqu'un pour sa beauté, aime-t-on vraiment une personne ? Plutôt on n'aime que sa beauté, seulement une qualité, pas un être. Mais peut-on vraiment aimer autre chose que des qualités, ainsi sujettes à disparition ?

Le fossé s'élargissant entre eux de jour en jour, il décida de s'en ouvrir à un ami, espérant trouver dans le partage un adoucissement de sa peine.

L'ami le reçut chez lui, dans son bureau bardé de livres. Tout de suite il comprit le motif de la visite, et prestement il se saisit, sur une étagère, d'un ouvrage de bonnes dimensions. Non qu'il fût particulièrement adepte de bibliomancie, mais il croyait pouvoir apporter une aide à celui qui implicitement lui en demandait.

Il ouvrit la Bible au passage évangélique dit de la Transfiguration de Jésus.

On y lit que le Maître, accompagné de ses disciples, monte sur une montagne, appelée depuis le Mont Thabor. Là il est transfiguré à leurs yeux, tout son être devenant tout différent de ce qu'il était jusque là, environné d'une lumière surnaturelle. Éblouis, les disciples veulent s'arrêter, et même, dit l'un d'eux, camper sur place, pour pouvoir toujours contempler le Maître en sa splendeur. Mais une voix se fait entendre depuis le ciel, les invitant à suivre l'exemple qu'il leur donne, la voie qu'il leur demande de suivre. Et tout de suite après il redevient comme auparavant, plus rien ne le distingue de ce qu'il était avant de gravir la montagne.

– Mais pourquoi me racontes-tu cela ?

– C'est que cette situation se rapporte exactement à celle que tu vis toi-même. Quand tu as rencontré pour la première fois celle qui devait devenir ta femme, tu as été, je reprends les mots que tu m'as dits à l'instant, sidéré, cloué sur place, ébloui comme les disciples du Maître quand il fut transfiguré. Cette tentation alors de s'arrêter et d'éterniser ce moment, je l'appelle *thaborisme*, en souvenir du nom de la montagne où la chose est censée avoir eu lieu. Et c'est un fait que la sidération, qui est la vision d'un astre (*sidus*, comme tu sais), est une expérience difficilement oubliable. Peut-on même s'en remettre ? Tu me dis que tu portes le deuil de ce moment, ou en élargissant, de ces premières années de ton histoire amoureuse.

– Mais j'en suis bien puni maintenant, à voir ce qui me reste...

– Tu as tort de penser l'être. Car il ne faut pas oublier la suite de l'épisode. Le Maître redevenant par son aspect comme à l'habitude, tu peux y voir certes une chute de l'élan premier, comme l'est la chute de tout amour qui affronte la durée et la quotidienneté. Mais n'oublie pas la voix qui se fait entendre. Elle va accompagner désormais les disciples dans leur marche, résonner à leurs oreilles comme un message protecteur, qui leur servira de viatique, de provision de route pour leur chemin. Les disciples ont en eux, au fond d'eux, la part du souvenir, et c'est ce souvenir qui va permettre leur avenir. Toi aussi, songes-y, tu as en toi la part du souvenir, qui ne peut t'être enlevé. Superpose donc l'image du passé lumineux à celle du présent que tu trouves décevant, et dis-toi que tu as au moins connu des instants magiques, et qui ne peuvent t'être enlevés. Dieu lui-même, disait le sage antique Agathon, ne peut faire que ce qui a été n'ait pas été. Songe bien alors que tout le monde n'est pas dans ton cas, n'a pas la chance que tu as eue. Dans la vie tout peut arriver, certes, mais aussi *rien*.

— Est-ce fatal, ce que tu dis ?

— Oui, il faut toujours descendre de la montagne, le thaborisme a toujours une fin. Mais il ne nous laisse pas démunis ou désertés. Je t'engage aussi à lire l'épisode évangélique dit des Pèlerins d'Emmaüs. Le Maître après sa résurrection apparaît sous sa forme ordinaire à deux pèlerins qui le croient mort et ne le reconnaissent pas d'abord. Ils conversent ensemble et par ses paroles il ouvre leur intelligence. Mais ils l'identifient enfin grâce à la fraction du pain qu'il opère sur la table d'auberge où ils sont descendus, où transparaît symboliquement l'eucharistie, avant qu'il dispa-

raisse à nouveau à leurs yeux, cette fois définitivement. La seule chose qui de lui restera en eux
est le son de sa voix et le souvenir de son geste
qui les accompagneront dans leur route. Voix qui
montre la Voie...

Tel est le destin de toutes choses : d'abord ap-
paraître pour finalement disparaître. Mais surtout,
et c'est le plus important, transparaître. Demande-
toi à propos de ta femme quels sont les moments
où encore transparaissent en elle geste, son de
voix, etc., celle que tu as aimée d'abord, car la
vue n'est pas tout. Alors tu la retrouveras, et tu ne
seras plus seul.

Le soir même, il lui demanda de fredonner une
chanson qu'elle chantait dans les premiers temps
de leur amour. Malgré sa surprise, elle s'exécuta.
Et il l'écoutait attentivement, yeux fermés.

TOUT EST AFFAIRE DE REGARD

Ton œil est la lampe de ton corps.
Quand ton œil est simple, ton corps
tout entier est aussi dans la lumière ;
mais si ton œil est malade, ton corps
aussi est dans les ténèbres.

Luc 11/34

Elle monte dans le tram. Il y a beaucoup de gens qui s'y pressent, et elle a du mal à trouver une place dans la foule des voyageurs. Une fois en route, elle s'apprête à regarder dehors, quand soudain elle sent, instinctivement, un regard posé sur elle. Gênée, elle se retourne, et le voit.

Il la regarde en effet, mais d'un regard lourd, peu franc. Il fixe tantôt ses jambes, tantôt son buste, tantôt son visage, et cette inquisition générale et appuyée la plonge dans un grand malaise, comme si elle était déshabillée en public, toute pudeur ôtée. Elle se sent rougir, et détourne le regard.

Que lui veut-il ? Va-t-il la suivre quand elle sera descendue ? Elle regarde autour d'elle, comme si elle prenait les gens à témoin. Dévisager comme il le fait, n'est-ce pas déjà envisager autre chose ? Que me veut ce regard lourd de sous-entendus ? Que va-t-elle devenir ? Qui l'aidera ?

Le tram s'arrête, et vite elle en sort. Elle fera le reste du chemin à pied. Par bonheur, il ne l'a pas suivie. Combien malades sont les gens, et combien tortueux leurs désirs ! Pourquoi toutes ces situations fausses ? Pourquoi ces ténèbres de l'équivoque ? Ne peut-on vivre simplement, au grand jour, sans la honte de la pudeur bafouée ?

La voilà maintenant chez lui, qui l'accueille avec un bon sourire. Elle se réfugie dans ses bras, et puis prestement se dévêt. Il la regarde avec amour, d'un œil simple et sans arrière-pensée, et elle se sent embellie, toute éclairée, transformée par le regard de son amant. Réchauffée, rassurée peut-être aussi sur sa beauté, elle n'est plus la même. La voici transfigurée, telle Galatée animée par les caresses de Pygmalion.

Nue, toute pudeur ôtée, dans une grande lumière elle court vers lui...

NE PAS PERDRE SON LATIN

L'église est toute sonore d'anciens cantiques. Ils viennent d'échanger leurs anneaux. Elle, rougissante comme il se doit. Et lui, fier de sa nouvelle position.

Il a voulu une cérémonie traditionnelle, comme celles qu'il avait entendues dans son enfance. Et maintenant le voilà arrivé au point où il a toujours espéré.

Ego conjunguo vos in matrimonium. La voix du prêtre résonne à son oreille. La formule le ravit. Le missel qu'il a consulté en porte bien la traduction : Je vous unis en mariage. Douce parole, bien rassurante, où il lui semble qu'il y a quelque chose de définitif. Au fond, c'est comme si la chose, en tant que récompense, se suffisait à elle même, et dispensait de tout effort supplémentaire. Voici enfin le port, après toutes les vicissitudes et déconvenues passées ! Et les témoins sont là, qui peuvent attester qu'il a trouvé désormais, pour sa sécurité, un refuge inexpugnable.

*

Voici que les années ont passé, et que le temps, insidieusement, a fait son œuvre de destruction. Et il souffre de sa désillusion. Le refuge en quoi il croyait n'a plus lieu d'être, car il s'est confronté une subjectivité différente de la sienne, qu'il n'a pas pu, ou su apprivoiser. Tous deux maintenant ne se reconnaissent plus, et silencieusement s'éloignent l'un de l'autre. Rien de confortable dans cette situation. Et pourtant ils ont bien choisi le mariage en pensant y trouver un abri sûr contre tous les vents de l'extérieur. Peine perdue, Chronos les a vaincus, comme il dévore tous ses enfants.

*

... Un jour, il rencontre inopinément, sur un trottoir de rue, le prêtre qui autrefois les a unis. Spontanément il engage avec lui la conversation, rappelle le passé, et combien il était heureux ce jour-là ! Et maintenant il ne comprend pas ce qui s'est produit. La récompense qu'il croyait avoir, elle n'est pas arrivée. Mais qu'en pense-t-il lui-même ?

– La récompense, mon ami, c'est à la fin de la vie qu'on la trouve. Il ne faut pas brûler les étapes. Comprenez-vous ?

Comme il se dit surpris de ce langage, avec grande obligeance le prêtre poursuit :

– Il m'est arrivé de dire que le mariage devrait être comme une décoration qu'on donne à la fin de la vie, à ceux qui s'en rendent digne. C'est une médaille qui vient couronner des efforts de chaque jour. Elle n'est pas due automatiquement à ceux qui ne les font pas.

Mais cette boutade ne le convainc pas. Peut-on se satisfaire d'une plaisanterie ?

– Vous nous avez unis, pourtant. Comment se fait-il que nous voici maintenant tous les deux, et de plus en plus, désunis ?

Mais alors le prêtre entreprend de l'éclairer.

– Sans doute faites-vous allusion à la parole liturgique que je vous ai dite alors lors de la cérémonie. Sans doute vous plaignez-vous de ce qu'elle n'a pas fait advenir ce qu'elle annonce, de ce qu'elle n'a pas été pour vous, excusez-moi du mot pédant, performative. Mais rappelez-vous ; cette formule, je vous l'ai dite en latin, et dans cette langue elle dit tout de la question qui vous occupe, tandis que sa traduction française ne dit rien de tel.

In matrimonium veut dire *pour le mariage*, car il y a là (excusez-moi encore) un accusatif, lieu où l'on va, vers lequel on se dirige, et non un ablatif, comme *in matrimonio*, qui indiquerait le lieu dans lequel déjà on est. En somme le mariage est un but qu'on se propose, non un état garanti quoiqu'il arrive, et on n'épouse pas quelqu'un parce qu'on l'aime, mais pour l'aimer. Malheureusement la traduction française « en mariage » fait disparaître cela, et c'est bien dommage.

Et en prenant congé, il achève son discours sur un avertissement :

– Au revoir, cher Monsieur, et surtout NE PERDEZ PAS VOTRE LATIN !

CE QUI N'A PAS DE SENS

– Mais enfin, cela n'a pas de sens !

Ils sont sans nombre, ceux qui s'expriment ainsi, et sans nombre aussi sont les situations que vient couronner cette phrase, en un péremptoire jugement. Deux exemples ici me viennent à l'esprit :

*

– Pourquoi cesses-tu de manger ? Ne crois-tu pas que nous faisons tout pour te rendre heureuse ? Tu pourrais avoir tout ce que tu désires, si du moins tu nous faisais l'aumône d'une demande. Mais non, tu te réfugies dans ta chambre, cloîtrée, murée dans le silence. Mais que t'avons-nous fait ? Nous ne reconnaissons plus la fillette alerte et vive d'autrefois, si intelligente et empressée à jouer avec nous. Que t'est-il arrivé ? Est-ce l'influence de tes amies adolescentes ? Fais-tu un régime pour être svelte et rivaliser avec elles ? Si tu continues, c'est ta santé, ta vie même que tu vas mettre en péril. Dis-nous au moins quelque chose, ne reste pas muette. Sinon, cela n'a pas de sens !

– Vous ne m'avez fait que d'être là, toujours devant moi, vous et ce que vous représentez pour moi. Voulez-vous que je devienne comme vous ? Un père abruti au travail, pour qui ne comptent chez lui que sa télévision, ses pantoufles et son lit. Une mère alourdie de grossesses, tournant dans sa cuisine, avec comme seule arme le torchon de son ménage. Est-ce cela que vous voulez que je devienne, une mère-pondeuse inféodée à son mari, sans idéal, sans rêve ? Cela n'a pas de sens ! Oui en effet, les changements de mon corps qui semblent m'y promettre, je les refuse. Je ne veux pas les nourrir. Et ne dites pas que je veux mourir. Non, je veux vivre, mais vivre autrement que vous. Si je le puis...

*

— Pourquoi t'es-tu éloignée de moi, au point maintenant de me tromper et de prendre un amant ? Il me semble pourtant que je t'avais fait dans notre maison une vie agréable. Tu étais exemptée des soins ménagers, grâce à mon salaire. Tu pouvais avoir tout ce que tu voulais. Nous nous entendions bien alors, ne le crois-tu pas ? Aussi, comme je te sentais un peu mélancolique, c'est moi qui t'ai poussée à faire du sport, à prendre des cours de tennis. Et après cela, tu as une liaison avec ton professeur. Voilà comme je suis récompensé de mes bons soins. Et que t'ai-je fait ? Cela n'a pas de sens !

— Tu ne m'as fait que d'être là, toujours devant moi, toi et ce que tu représentes à mes yeux. Seul pour toi compte l'argent, le fameux salaire dont tu m'as toujours rebattu les oreilles. Tu n'évalues les choses qu'en termes marchands, et il en est de même pour les gens. Tu les juges à l'aune de ce qu'ils peuvent te rapporter. Tu es incapable d'un geste désintéressé pour toi-même, et de penser aussi qu'autrui puisse être désintéressé, mû par autre chose que ce à quoi tu as consacré ta vie. En fait, tu m'as achetée, prisonnière dans une cage dorée. Et tes bons soins, comme tu dis, n'étaient là que pour perpétuer mon esclavage. Au fond, as-tu rêvé un jour, je veux dire rêver vraiment, rêver d'autre chose que la vie que tu avais ? En tout cas, pour moi, je l'ai fait, et cette liaison que j'ai aujourd'hui, si elle n'a pas d'avenir comme lucidement je la considère, au moins m'a-t-elle permis d'échapper un instant à la prison où tu m'as enfermée. Cela n'a pas de sens, dis-tu. Peut-être bien. Mais songes-y :

CE QUI N'A PAS DE SENS
A UN SENS SUPÉRIEUR
À CE QUI EN A.

CRISE

Voilà. J'ai tout obtenu de ce que je désirais. Une bonne position sociale, une belle femme, de beaux enfants, une belle maison, et tout le reste. Un vrai modèle ! J'arrive à la moitié de ma vie, et j'ai toutes les raisons de me féliciter.

Pourtant je sens quelques grincements, non dans mon corps bien sûr (ce serait vraiment dommage), mais dans ce qu'il est convenu d'appeler mon âme. Ma femme, je la désire moins évidemment (c'est classique), et mes enfants m'insupportent souvent. Quant à mon métier, je ne vois pas de possibilité supplémentaire de promotion. De toute façon, je ne peux pas monter plus haut. J'ai tout.

Et je n'ai rien. Non de ce que je voulais avoir autrefois, mais de ce que maintenant je voudrais. Et que voudrais-je ? Je ne sais. Le dégoût me prend en tout cas de tout ce que je vois autour de moi. C'est comme une lumière aveuglante, zénithale, exactement celle qui se répand à midi, et qui est le désespoir des photographes. Les plans ne sont pas séparés, comme le matin ou le soir, et rien n'a de relief. Tout est écrasé. Les ombres sont minimales. Tout semble surexposé, brûlé jusqu'à l'anéantissement. C'est la malédiction du milieu du jour.

Au midi ou au mitan de ma vie, me voici sans plus aucun désir. Ou plutôt avec un désir vague que rien ne satisfait. Aussi je me vois fonctionnant machinalement ou mécaniquement. Bien sûr j'ai une certaine *aura*, qui tient à mon rôle public, mon métier de professeur. Mais tous ces auditoires consentants, ils ne voient pas la statue vide que je suis devenu. Ils me croient encore vivant, alors que je suis mort il me semble depuis tant d'années. Comme ces étoiles dans le ciel dont la lumière peut encore nous parvenir, mais qui sont mortes depuis longtemps. Là-dessus d'ailleurs ma femme et mes enfants pourraient vous en dire long. Voyez-vous, mon ami, il ne faut pas juger les gens sur le masque social qu'ils portent. Qu'y a-t-il derrière ce masque ? Voyez-les quand ils l'ont ôté : quand ils rentrent chez eux par exemple. Celui qu'on vante en public pour son affichage de valeurs humanistes et tolérantes, qui nous dit qu'il n'est pas très violent chez lui, et fascisant, avec sa femme, ses enfants, ou au moins son chien ?

Longtemps j'ai été actif, et par là j'ai compensé des manques sûrement. Mais maintenant, arrivé au sommet, je sens qu'il me faut redescendre, changer d'allure, et cela je ne le veux pas. Que voudrais-je, sinon revenir en arrière, être à nouveau le jeune homme plein d'élan à qui s'ouvraient toutes les possibilités ? Mais c'est impossible. Beaucoup de pièces sur l'échiquier ont déjà été déplacées, et le nombre des coups restant à jouer n'est plus bien grand. Bientôt finira la comédie. *Acta est fabula*. *Game over*. Échec et mat...

Un ami psychiatre à qui je me suis ouvert de mon état a parlé de « décompensation ». Mot bien savant. Je préfère quant à moi simplement le mot de chute. Comme celle de tel colosse aux pieds d'argile des mythologies. Le Roi est nu. Qui me relèvera ?

Ou alors je pense à cette *acédie*, ce désintérêt de tout qui pour leur malheur saisissait, nous dit-on, les moines médiévaux. Et je me souviens qu'elle figure dans un psaume, selon la Bible grecque : « L'acédie fait couler mes larmes. Relève-moi selon ta parole ! » Je n'ai pas, hélas !, ici de parole à écouter. Et le psalmiste a beau me dire ailleurs que je ne dois pas craindre « le démon qui ravage en plein midi », je sens bien ce dernier qui toujours est là.

Finalement cette *crise* qui m'affecte aujourd'hui, dois-je y voir autre chose que mon propre jugement ? N'est-ce pas de ce mot aussi que l'Évangile nous menace ?

– Ô mes chers livres : pourquoi toujours revenir à vous ? M'aidez-vous ou vous moquez-vous de moi ? Est-ce moi qui parle ici, ou vous qui parlez en moi ?

... La nuit passée, j'ai fait un rêve. J'étais sur une plage. Un adolescent au visage d'ange, comme ceux de Botticelli, venait me prendre la main, et nous entrions tous les deux dans la mer éternelle. Et là nous nous roulions ensemble dans les flots, unis l'un à l'autre. Puis je me suis réveillé, et je me suis souvenu de la fin de *La Mort à Venise*, de Visconti. C'est bien Tadzio qui m'avait visité, bel éphèbe aux blonds cheveux bouclés, parfaitement androgyne.

Te rencontrerai-je vraiment ? Tel jour par exemple, dans telle assemblée de mes auditeurs ? Certains jeunes gens que j'y vois ont la beauté du Diable, et ne s'en rendent pas compte, ce qui fait leur charme. Plus tard, ils comprennent leur pouvoir de séduction, et ce n'est plus pareil : leur sourire n'est plus aussi pur et franc. La coquetterie le corrompt.

Il me semble que si je fais cette rencontre, plus rien ne comptera pour moi. Sans doute abandonnerai-je ma maison, ma famille, tout ce que j'ai pour suivre mon Botticelli, mon Démon de Midi, qui me rendra tout au centuple.

Enfin, mon ami, je vous prends ici à témoin. Que vienne donc pour moi le temps d'une chute heureuse et qu'enfin tombe le Masque ! L'Ombre passée ne me suivra plus, et je n'aurai aucun regret, faisant fi de tous les avertissements que je connais et qui prétendent nous en préserver...

PAS COMME LES AUTRES

Elle voulait un homme pas comme les autres. Qu'il fût brillant, respecté, doté d'*aura*. Un jour elle le trouva. Tous deux furent éblouis. Pleinement surpris, remplis désormais l'un de l'autre. À deux ils s'exaltèrent comme jamais humainement prévisible. Catherine et Heathcliff sur la lande. Et le monde les entoura, les berça. Jamais ni pour l'un ni pour l'autre ce n'était espérable.

Puis vint l'Adversité. La sale vie, celle des contraintes, du travail. Alors elle comprit, petit à petit, que celui qu'elle aimait décidément n'était pas comme les autres. Et maintenant elle regrettait qu'il ne le fût pas : aidant pour le sordide, solide où s'appuyer. Elle l'eût voulu comme ceux qu'elle voyait, comme ces autres gens normaux qu'elle s'imaginait et enviait maintenant, pouvant porter à deux une peine. Le monde où il était ne le permettait pas. Et lui aussi commença à ne plus la reconnaître.

Pas comme les autres : ce qu'elle avait voulu, voici qu'elle le refusait.

La même chose qui en lui l'avait séduite la sépara de lui.

L'AMOUR-HAINE (I)

Depuis qu'ils s'étaient rencontrés, ils se désiraient et se détestaient à la fois. Ce mélange d'amour et de haine faisait toute leur relation, que de l'extérieur on constatait, mais ne comprenait pas. En eux des parties opposées se faisaient une guerre constante. Ils en étaient écartelés, sans connaître la quiétude de l'unité.

Se disputaient-ils, l'instant d'après ils se réconciliaient dans leur lit. Leur oreiller aurait eu bien des choses à raconter, comme celui de bien des couples sans doute. Voit-on assez comment cet ustensile commode, support de la réconciliation, est l'immémorial témoin de la défaite du cœur, de l'esprit ou de l'âme face à l'exigence momentanée du corps ?

Ainsi, pour mettre fin à une querelle, brutalement il la forçait. De toutes ses forces elle résistait d'abord. Mais à la fin elle cédait, le détestait d'avoir été violentée, mais aussi y trouvait son plaisir. Est-il pire situation que la division, le clivage, quand le corps dit oui, et que l'âme dit non ? Qui ne connaît cet horrible acquiescement du corps, qui accompagne la défaite de l'être profond, que l'on est aussi, et qu'alors on trahit ?

Connaissaient-ils quelque répit, quelque occasion d'abandon mutuel, ils en venaient aussitôt aux disputes. Une fatalité les poursuivait, comme si en eux se faisait un dédoublement, tous deux incapables d'envisager une paix sans victoire. Deux chats enfermés dans un sac.

Pour eux aucun oui n'était un oui, et aucun non n'était un non. Tout était brouillé, ambivalent, à deux faces. Ils ne savaient pas que cette division est de toujours l'œuvre du Diable, le grand Diviseur. Mais diabolique vraiment était leur histoire.

Quel exorcisme pouvait-il leur venir ? Il fallait arracher en eux cette partie sombre qui gâchait tous leurs meilleurs moments, séparer en eux le bon grain fécond de la diabolique ivraie.

Cet abîme intérieur avait nom sans doute Soupçon. Soupçon de pouvoir être vaincu par l'autre, d'avoir le dessous. Soupçon aussi vis-à-vis de soi, de ne pas réussir à triompher du conflit en cours, manque de vraie assurance. Il ne leur venait pas à l'esprit que celui qui est vraiment fort n'a pas besoin de le montrer.

Pourraient-ils un jour faire taire au fond d'eux-mêmes la suspicion, la méfiance ? Confiance n'est-elle pas, parfois, mère de sûreté ?

Comprendraient-ils enfin qu'en matière de sentiment est bon celui qui nous unifie, et mauvais celui qui nous divise ? Et que c'est là le meilleur critère pour savoir si ce que nous ressentons dans la vie nous est profitable, ou non ?

On leur conseilla de se séparer.

Ils le firent, mais furent inconsolables de leur séparation.

L'AMOUR-HAINE (II)

Lettre de Christiane à son amie Irène

Divisée... C'est comme cela que je me sens. À cause de lui.

Comment cela a-t-il pu se passer ? Bien sûr dès le début je l'ai aimé. Il était si beau, si gentil aussi et si prévenant ! Toute entière je me suis donnée à lui, et je croyais éternel ce sentiment qui m'habitait : quelque chose de pur et sans mélange, prenant son envol sur les ailes du rêve. Mais la suite a démenti mon espoir.

Au fil des jours il m'a révélé sa vraie nature. Calculateur et ne pensant qu'à lui, pour lui je ne comptais pas pour grand-chose. J'avais beau comme on dit prendre sur moi, tous mes efforts pour nourrir notre relation (ou ce que pensais être une relation) furent vains. Et petit à petit je me suis détachée.

Détachée ? Non, pas vraiment. Mais s'insinua en moi un sentiment qui détruisit mes illusions : quelque chose qui ressemblait au mépris. Et aussi je m'en voulais de m'être ainsi engagée : je me découvrais bien naïve et imprudente, et cette découverte me faisait encore plus souffrir. J'avais aussi du mépris pour moi-même.

Lorsque j'appris qu'il voyait aussi d'autres femmes, je me sentis humiliée. Il me demanda un pardon que je lui donnai, me figurant qu'il changerait. Mais comme le temps aidant il ne changea pas, je m'en voulus de ce pardon que je lui accordai alors. J'avais petit à petit perdu ma dignité.

Finalement j'étais tombée de tout mon haut, je n'étais plus la femme sûre d'elle que je croyais être.

Les disputes aussi s'achevaient par ces répugnantes réconciliations sur l'oreiller, et dont tu as au moins entendu parler si tu ne les as pas connues. – Répugnantes ? Non, car mon corps y trouvait son compte, même si mon cœur et mon âme en étaient absents. Dans ce consentement à ses caresses j'étais irrémissiblement partagée. Cette affreuse adhésion me plongeait dans un enfer sans retour.

Souvent j'ai pensé à le quitter. Mais dans les réflexions qui tyrannisaient alors mon esprit, le gouffre de la solitude me faisait peur. Tu connais mon exaltation, et combien j'ai de mal à m'en délivrer. Trouverais-je encore un partenaire qui pût la nourrir ? L'avenir n'était-il pas clos pour moi ? Tout tournait dans mon esprit, sans que rien de décisif en pût sortir.

Finalement je ne sais plus si je l'aime encore un peu, ou si je le hais, tout en me haïssant moi-même. Plains-moi, ma chère Irène. Goûterai-je un jour cette paix à qui ton prénom te destine ? Combien le voudrais-je, sans pouvoir l'espérer ! Je t'envie de ne pas connaître, dans ta sagesse, cette ambivalence où je me débats : je n'ai plus d'unité intérieure, je ne sais plus qui je suis. Le saurai-je seulement, quand mon âme sera séparée de mon corps et aussi de mon esprit, qui tous deux aujourd'hui la trahissent ?

Réponse d'Irène à Christiane

Ma chérie,

tu te dis divisée, tu parles d'un enfer. N'oublie pas que c'est le lieu du Diable, qui comme son nom l'indique est le grand Diviseur. L'état d'écartèlement donc où tu te trouves, tu dois en sortir. Même te sachant non croyante, à la différence de moi, je me permets de te rappeler cette si belle maxime de l'Évangile : *Que votre oui soit oui, et que votre non soit non, et tout le reste vient du Malin.*

Rien de bon ne peut sortir d'un sentiment mélangé, où les intérêts différents tirent chacun de leur côté. Est bon un sentiment qui nous unifie, et mauvais un sentiment qui nous divise. Tu peux, j'en suis sûre, retrouver cet état « pur et sans mélange » dont tu parles. Tout alors ira dans le même sens : le désir, le don, l'estime, la camaraderie même et l'amitié, tout cela fait un amour lucide et mature. On ne peut avoir pour quelqu'un désir et mépris à la fois. Sinon c'est cet « amour vache » comme disent les Français, ou ce *Hell Love* ou *Amour infernal* dont parlent les Anglais, qui renvoie bien à l'enfer dont tu parles.

Je te souhaite de dire bientôt des vrais « oui » et des vrais « non », et d'être unifiée. Aussi bien tu l'as été dans l'enfance, cet état magique et béni, ce paradis lointain dont parle le poète, où tout ce que l'on aime est digne d'être aimé. Tu peux toi aussi connaître à nouveau, par-delà la dualité qui te tourmente aujourd'hui, cet accord avec soi-même que connaissent naturellement les enfants, qui sont entièrement à leurs élans. Ce n'est pas pour rien qu'à eux appartient le Royaume. Réunifiée, pourquoi ne pourrais-tu le devenir ? Le soleil qu'on a déjà vu n'est pas détruit par les nuages qui l'offusquent un temps. Son souvenir même, présent au fond de toi, est ton viatique, et te promet un avenir. Garde courage !

Je t'embrasse.

Ton amie Irène.

LORSQUE L'ENFANT PARAÎT...

« ... Je prends mon chapeau et je m'en vais », disait Paul Léautaud. Comme je le comprends ! Et comme cela pourrait servir d'épigraphe à mon histoire !

Voyez. Je n'ai pas le sentiment d'être particulièrement différent des êtres de mon espèce, des mâles désireux d'aimer. Je suis même passablement idéaliste et sentimental, chose qui pour beaucoup cadre mal avec la virilité. Et pourtant...

Comme beaucoup de couples, j'imagine, nous avions fait le projet d'un enfant. Je ne sais pas ici démêler ce que nous voulions vraiment, et ce en quoi nous répétions une doxa millénaire, selon laquelle la procréation est le nécessaire parachèvement d'une histoire d'amour. Comme si le petit être qui allait naître en était le point d'orgue, ou le symbole résumant. Je pense que le « vous serez une seule chair » de la Bible exprime cela : c'est de l'enfant futur qu'il s'agit dans cette « seule chair », et non d'une très problématique fusion des amants, à la manière romantique.

Donc nous eûmes un fils. Passée l'extase du moment, tout commença de s'assombrir dans notre histoire. La réalité remplaça les beaux récits, dont je vois maintenant la fin comme profondément menteuse : « Ils se marièrent, ils furent heureux et ils eurent beaucoup d'enfants. » Pourquoi terminer ainsi les contes, alors que c'est ce qui arrive par la suite qui est le plus important ? D'elle on ne nous dit rien. Et de génération en génération l'antienne est répétée, sans qu'on lui fasse moins de crédit, apparemment.

Au fond, quand je pense à la situation et quand je me mêle de philosopher, je me dis que Schopenhauer a peut-être raison, quand il dit que l'individu est manipulé dans la transmission de la vie. La nature se sert de lui comme d'un pantin ou d'une marionnette pour perpétuer l'espèce. Rien de plus. On n'est rien entre ses mains. Quand on aime, on ne *compte* pas.

Je crois bien que cette compréhension peut être à l'origine de ce que les Anciens avaient défini comme la tristesse qui suit l'acte d'amour : *Omne animal post coïtum triste*. Tristesse d'avoir été trompé par le Génie de l'espèce, d'être devenu un esclave entre ses mains.

Mon mariage avait déjà commencé à battre de l'aile, du fait de l'usure inévitable du temps. Devenu père, cela ne fit qu'empirer. Et ma femme naturellement se replia alors dans le monde de la maternité. Elle avait évidemment changé de sphère. Entre elle et moi s'était insinué l'enfant. Les amants n'étaient plus.

Alors je plongeai dans un grand isolement. Je comprenais, dans le règne animal, les mâles définitivement absents après avoir dans un bref instant transmis la vie, ainsi qu'en regard les troupeaux de femelles empressées auprès de leurs petits. Sans doute était-ce elles qui incarnaient l'essentiel, le reste n'étant qu'accessoire. La Vie avant tout, n'est-ce pas ?

J'étais donc purement fortuit en tant que personne, et elle le centre de tout, avec son enfant. Et comme étant petit il ne pouvait lui résister, elle pouvait le manipuler à son gré, sous couvert de l'aimer. Je comprenais aussi le nécessaire meurtre immémorial du père par le fils. À ce dernier je n'avais pourtant pas lieu d'en vouloir. Car lui-même à son tour verrait dans son propre fils son propre assassin.

Les Mères, disait Goethe, ce nom sonne si étrangement ! Descendrons-nous dans leur Royaume, pour nous y anéantir ? Nous dévore-ront-elles ? Reconnaîtrons-nous l'amante d'autre-fois dans la mante d'aujourd'hui ?

Désorienté, voilà mon état. Et je ne sais plus quoi penser. Et cette tristesse qui m'accable maintenant, peut-on m'en délivrer ?

... Et vous, Docteur, qu'en pensez-vous ?

IL FAUT RETOUCHER LE COSTUME !

À foison, elle avait rêvé de lui, s'enivrant de ses imaginations. Absent même, il était plus avec elle que présent. Sans doute y a-t-il des cas où, à l'inverse de ce que dit le proverbe, les absents ont toujours raison.

Rien en lui ne pouvait évidemment la heurter, puisqu'elle n'avait affaire qu'à ses propres visions. De leurs rendez-vous, elle ne tirait véritable bonheur que dans leur attente et dans leur souvenir. Aussi ne se pressait-elle pas de s'installer définitivement auprès de lui, soupçonnant qu'il y aurait là quelque chose de funeste pour eux.

Malgré tout, les nécessités pratiques de la vie le demandant, le jour arriva où ils furent réunis sous le même toit.

Alors se produisit, comme c'était inévitable, la première fâcherie. C'était à propos d'un acteur vu à la télé, dont elle pensait grand bien, mais qui n'eut pas l'heur de lui plaire à lui.

On sait que de gros séismes peuvent se produire pour des riens. Là ce fut le cas. Elle n'aurait pu imaginer sa réaction actuelle, tant elle voyait entre eux (ou plutôt l'espérait-elle) une parfaite affinité en tout.

Toute la construction qu'elle avait patiemment édifiée autour de lui, simple prétexte à ses rêves, s'effondrait tout d'un coup. Aussi ne put-elle retenir ce cri :

Il faut retoucher le costume !

Je ne te reconnais plus !

Il la regardait, stupéfait. Jusqu'alors il ne s'était pas interrogé outre mesure sur le genre d'amour qu'elle lui portait. Mais maintenant, alarmé, il s'aperçut que jusque là elle ne l'avait pas vraiment *vu* – tel qu'il était en réalité. Aussi ne put-il à son tour que lui répondre de même :

C'est peut-être que tu commences à me con- naître !

Comme il la voyait désappointée, il essaya de la consoler, lui prodiguant d'utiles conseils. Le vrai amour n'est pas basé sur l'illusion, mais sur une approche lucide de l'autre. C'est quand on n'ose pas se regarder au début qu'à la fin on ne peut plus se voir, etc. Mais comme il sentait en elle persister une mer de reproches, qu'il trouvait absolument injustifiés à son égard, il décida de lui faire toucher concrètement la chose.

Le lendemain, il l'amena dans un magasin de vêtements, prétextant qu'il devait acheter un cos- tume. Elle le suivit, intriguée. Dans le salon d'essayage il endossa le costume qu'il venait de choisir, ayant pris soin qu'il ne convînt pas à sa taille. À l'évidence donc, le vêtement ne lui allait pas, et elle en convint. Il lui demanda ce qu'à son avis il fallait faire. Elle répondit que s'il choisis- sait une autre taille, il lui irait finalement. Il est si beau ! Ce serait dommage de ne pas le prendre !

Alors il lui fit remarquer la justesse évidente de sa réponse, mais qui ne cadrait pas avec la façon qu'elle avait d'aimer. Elle devait prendre leçon sur cet exemple, et songer au type d'amour invasif qu'elle lui portait. Ce n'est pas à la personne qu'on aime d'un amour idéalisé de changer. Il faut modifier la façon d'aimer elle-même, la construction que l'on a bâtie de façon égocentrée au sujet de l'autre. Quand le costume ne va pas, c'est lui qu'il faut modifier, et non celui qui doit le porter. Comprends-le :

IL FAUT RETOUCHER LE COSTUME !

JE T'AIME, MAIS...

C'est comme si elle venait d'être frappée en plein cœur. Cette phrase, elle ne s'y attendait pas. Ils étaient pourtant en promenade, et en profitaient pour se confier l'un à l'autre. Elle, confiante, elle l'était entièrement. Mais pas lui, apparemment. L'attestait ce qu'il vient de lui dire :

Je t'aime, mais je ne suis plus amoureux de toi.

Pourquoi a-t-il dit cela ? N'a-t-il pas prévu que cela allait lui faire mal ? Et qu'a-t-il voulu dire exactement par là ? Qu'il ne la désire plus, qu'il ne peut plus rêver d'elle, à cause de toutes ces années qui ont accompagné leur cheminement à deux, et qui inévitablement ont écorné leurs mystères ?

Elle s'interroge encore. Mais aussi il m'a dit qu'il m'aime, donc tout n'est peut-être pas perdu. Peut-être dans son esprit est-ce là le plus important...

Quand même, je me sens bien humiliée, à constater que quelque chose qu'il a éprouvée pour moi l'a quitté, cela même qui faisait le si beau début de notre histoire. Et puis, qu'est-ce qui va l'empêcher maintenant d'essayer de renouveler cet état de transport magique, avec une autre ? Il pourra bien continuer à me dire qu'il m'aime, même si dans sa pensée c'est le plus important, et à côté de cela faire la cour à une autre, chercher ailleurs une autre aventure qui le fasse vibrer, qui fasse battre son cœur. Et cela je ne le supporte pas. C'est comme si j'étais cantonnée à la maison, même si cette maison est pour lui un point solide et irremplaçable, avec à mes côtés un compagnon volage et papillonnant, un cœur d'artichaut. Le proverbe pourtant dit très bien : Qui a deux maisons perd la raison.

Il me semble maintenant que je peux être jalouse de la première venue, qui a sur toute femme un avantage décisif, celui d'être *une autre*.

*

Sortie de ses méditations, elle voulut quand même relever la tête, et jouer sa partie jusqu'au bout.

Elle contacta une de ses amies, et la convainquit d'écrire à son compagnon des lettres fort empressées, ou derrière le prétexte d'un partage simplement littéraire devait se manifester un désir qui allait croissant. Elle devait parler d'une rencontre qu'elle était censée avoir faite avec lui, à l'occasion d'une signature d'un de ses livres. À partir de là il était entendu qu'elle devait déployer tous les charmes de sa coquetterie, exercer sur lui un aguichage, un *teasing*, d'autant plus efficace que nulle rencontre physique immédiate ne devait se faire.

Elle le voyait relever son courrier le matin, et si une enveloppe de couleur pastel et d'une autre écriture que la sienne y figurait, s'enfermer dans son bureau pour lire la missive à son aise. Puis elle se plaisait à constater dans la journée un léger sourire flottant sur ses lèvres, ou bien à l'entendre fredonner quelque chanson : c'était la preuve que fonctionnait le stratagème.

Enfin, à son instigation, son amie fixa un rendez-vous, depuis longtemps demandé.

Mais ce fut elle-même qui s'y rendit.

C'était dans un parc, sur un banc. Elle s'arrangea pour venir en retard, et, pendant qu'il était assis, arriver derrière lui, sans qu'il pût l'entendre.

Puis, une fois arrivée, elle lui mit ses mains sur les yeux.

Et lui, surpris et émerveillé à la fois, ne put que dire :

– Est-ce vous que j'attends depuis si long-temps ?

Mais elle, lui faisant face maintenant, lui répondit :

– Oui, c'est moi. Et comme il est aisé de faire battre un cœur !

LE BONNET DE BAIN

C'était la première fois qu'ils allaient à la plage ensemble.

Tout à son éblouissement initial et à sa vénération présente, il suivait celle qu'il aimait et les rêves qu'elle lui inspirait.

Elle se dévêtit pour se mettre en tenue de bain, et rejoindre l'eau tout près.

Alors il *le* vit.

C'était un affreux bonnet de bain orange, en caoutchouc, avec comme ornement une improbable guirlande de fleurs, en caoutchouc aussi. Elle l'avait mis pour protéger ses oreilles, mais non pas son compagnon.

Il l'avait imaginée nageant dans l'eau, cheveux dénoués et libres, ceux qui l'avaient séduit lors de leur première rencontre. Mais pourquoi les emprisonner maintenant dans une pareille horreur ? La naïade romantique, la Vénus anadyomène étaient bien loin. L'ustensile orange les avait détruites. Et disparu était le Botticelli.

Pendant qu'elle se baignait, il méditait sur ce qu'il venait de voir. Était-il possible qu'elle manquât ainsi de goût, et qu'elle n'eût pas pensé, avant de s'affubler de son casque hideux, à l'effondrement des projections qu'il faisait sur elle ? Tout autour de lui, il ne voyait rien d'analogue. Aucune des jeunes filles qu'il observait sur la plage ne portait sur elle un pareil *tue-l'amour*.

De retour du bain, elle s'assit à ses côtés. Et alors se produisit une nouvelle mais en même temps comparable désillusion.

Le beau maquillage qui géométrisait à merveille son visage avait disparu. L'eau de mer l'avait effacé. Ne restait qu'une figure banale, avec rien en elle qui pût attirer durablement le regard.

Là était donc, se disait-il, tout l'objet de son adoration ! Il avait devant lui une personne insignifiante, manquant de goût et ne reculant pas devant le kitsch, peu soucieuse de sa propre séduction, trahissant ce à quoi elle eût dû être promise : le service de la Beauté. Il n'osait se demander si pouvait être encore pire la vision qu'il pourrait en avoir, par exemple si elle lui apparaissait, surprise le matin à son réveil.

Le bonnet de bain était là, tout près, reposant sur une serviette, comme un pauvre vestige de son amour. Assurément il s'en souviendrait longtemps, et aussi de la leçon qu'il lui avait apportée.

... Mais peut-être aussi, les années aidant et la mémoire faisant son œuvre sélective, la pathétique et dérisoire relique changerait-elle, pour lui, son langage.

Qui le sait ?

SI TU VEUX...

Un songe, un rien, tout lui fait peur,
Quand il s'agit de ce qu'il aime...
La Fontaine

– Et si nous allions nous promener ?

– Si tu veux...

Les voici en train de marcher dans la campagne, environnés de soleil, de ciel sans nuages, de mistral bleu et de cris d'oiseaux. Lui est plein d'allant et d'enjouement. Mais elle n'a pas l'air en train. Il lui demande pourquoi son humeur sombre.

– C'est par rapport à ce que tu m'as dit tout à l'heure.

Il ne se souvient pas de ce qu'il a dit. Il la prie de le répéter.

– C'est quand à ma demande de sortir tu as répondu : « Si tu veux... »

Vraiment il ne comprend pas. Pourquoi cela l'a-t-il fâchée ?

– J'ai senti dans ta voix je ne sais quelle lassitude, comme si ta réponse ne pouvait servir qu'à mettre fin à un échange qui t'importunait. Tu as dit « Si tu veux » comme tu aurais pu dire tout autre chose, simplement pour avoir la paix.

Il l'assure que ce n'était pas le cas, et qu'au contraire il n'avait en vue que de lui complaire. C'est à son désir à elle qu'il pensait, et à s'y conformer lui-même. Mais elle n'est pas convaincue. Elle insiste :

– Songe que ma demande avait pour but de nous faire nous retrouver pour un moment de réunion, chose dont je pense nous avions besoin, après ce qui s'était passé.

Il ne comprend toujours pas, la prie de s'expliquer.

– Mais oui, souviens-toi quand ce matin j'ai voulu déplacer le cadre sur le mur du salon. Je t'ai demandé ton avis, et tu m'as dit encore : « Si tu veux », d'un air lassé, indifférent. Que je t'aie demandé ça ou autre chose, c'était pareil pour toi.

Abasourdi, de nouveau il ne se souvient pas, et il ne comprend pas pourquoi elle a pu monter en épingle un si petit détail. Il essaie de la consoler de la délivrer de ses alarmes. Il la prend dans ses bras, et elle cache sa tête sur son épaule. Puis elle sanglote.

– C'est que j'ai tellement peur que nous nous aimions moins qu'avant ! Je voudrais que tout soit aussi beau pour nous que lorsque cela a commencé. Que tu m'aimes moins, je ne le sup-porterai pas.

Il l'assure qu'il n'en est rien, qu'aucune tache ne vient oblitérer leur amour. Ils continuent leur promenade dans le vent, sous le ciel bleu. Le leur aussi s'est rasséréné.

Revenu chez eux il songe à ce qui s'et passé. Combien de petits séismes comme celui-ci sont possibles dans une seule journée ! Et combien il est difficile de les prévoir ou les prévenir ! Un ton de voix, même anodin mais dont la réception n'est pas contrôlable, peut déclencher une catas-trophe. Il y a là comme un *effet papillon* dont tous ceux qui veulent aimer doivent être bien conscients.

Alors, qu'y faire ? Sans doute la sagesse est-elle de ne pas laisser s'accumuler, l'une sur l'autre, les méprises successives, au point qu'à la fin elles constituent un gros bloc opaque, finalement imperméable à l'exploration et au traitement. Il faut débrider l'abcès aussitôt qu'il apparaît. Après, c'est trop tard. L'incompréhension s'étend sur tout, comme un cancer métastasé.

... Amants, heureux amants, veillez sur les moindres de vos fâcheries, pour ensemble les voir et les désamorcer, tant qu'il est temps. Songez que si le langage recèle bien des pièges, il a aussi la possibilité de guérir bien des blessures. Il peut éclaircir les situations, si l'on s'y met à deux. Et si un nuage dans la journée a obscurci votre bonheur avec l'autre, ne vous couchez jamais le soir sans ensemble en avoir parlé et l'avoir chassé.

CONFIDENCES

Son ami et confident lui ayant demandé des nouvelles de sa vie sentimentale, elle voulut bien l'en informer :

– J'aimerais bien t'en donner de bonnes, mais je préfère te faire part de la perplexité où je suis plongée. Tu sais que j'ai rencontré un homme qui m'a plu. Nous avons bavardé quelques jours, flirté en nous promenant une après-midi, mangé ensemble une soirée, et puis nous nous sommes retrouvés dans mon lit. Là-dessus je ne te donne pas de détails, même si c'est là que réside la chose essentielle dont je veux te parler.

Depuis cette nuit il ne me donne pas de nouvelles, et je sens chez lui maintenant, quand je lui téléphone, une réticence à s'étendre sur ce dont je veux lui parler. Il élude toutes mes questions, et reste dans le vague quand je l'interroge sur notre avenir ensemble, qui pour moi est oblitéré d'un grand brouillard.

Il me semble pourtant que quand une femme ouvre son lit à un homme, c'est pour autre chose que pour une simple passade. Je m'y sens engagée en ce qui me concerne. Et je ne comprends absolument pas sa réaction.

À quoi répondit ainsi l'ami et confident :

– C'est juste qu'il ne s'y sent pas engagé comme toi. Et ici je veux bien te faire une confidence, dont je ne sais si elle surprendra encore certains, mais qui, même si le contenu en est déjà connu de beaucoup, est en tout cas aujourd'hui moins avouable, vu l'état actuel des opinions.

Ce n'est pas parce qu'un homme a couché avec une femme qu'il se sent engagé comme celle-ci peut l'être. Cela renvoie à des dispositions psycho-physiques différentes chez l'homme et chez la femme. Chez le premier le corps domine, et chez la seconde, le cœur, le monde des sentiments. Bien sûr l'homme peut faire un effort. Il est prêt à tout pour faire l'amour, y compris à aimer. Tandis que celle-là est prête à tout pour aimer, y compris à faire l'amour.

En fait, ma chère, hommes et femmes valorisent ou *ponctuent* différemment les étapes d'une relation. Pour toi, le coucher-ensemble a apparemment l'importance décisive. Mais lui ne lui donne pas celle que tu lui donnes. Pour lui c'est une étape comme une autre, et elle n'a pas forcément besoin d'être enrichie par contextualisation, insérée dans un ensemble affectif plus grand, comme tu le voudrais.

On pourrait en dire autant du premier baiser : pour un homme sa survenue peut être totalement anodine et arriver très vite dans une histoire sentimentale, mais pas forcément pour une femme. Imagine alors leur double monologue intérieur : Mais qui est-elle pour ainsi se formaliser d'un rien ? Vraiment elle doit être bien coincée ! – Mais pour qui me prend-il ? Pour une femme facile, qui embrasse à tout bout de champ ?

D'importants malentendus viennent des différences d'organisation et, ai-je dit par métaphore, de ponctuation des histoires amoureuses par leurs acteurs. Elles peuvent certes venir de l'éducation, de la culture du pays auquel on appartient, d'où les problèmes insoupçonnés souvent posés par les mariages interculturels. Mais les plus importantes tiennent à la différence des sexes.

Vois : je ne vais pas jusqu'à dire que les hommes, une fois l'acte d'amour accompli, se demandent, ainsi que dans les romans policiers, comment se débarrasser du corps. Mais beaucoup d'entre eux, obsédés par leur virilité croient encore que la performance sexuelle est l'essentiel que poursuivent les femmes. Pourtant c'est une illusion. Au Viagra, une femme préférera toujours le coup de téléphone du lendemain – précisément ce qui t'a manqué dans ton cas. Et pour elle la performance ne doit pas dispenser des égards qui doivent la précéder. Il m'est arrivé de dire que pour une femme l'amour est un volume où la préface est plus fournie que le corps de l'ouvrage.

... Maintenant tout ce que je viens de dire sera peut-être corrigé dans quelques années. Et peut-être l'est-il déjà, vu l'évolution idéologique actuelle. Alors toi et moi serions les ultimes représentants d'un monde en voie de disparition. Qui sait ?

À DEMI-MOT

Elle voulait toujours être comprise *à demi-mot*. Tout son entourage connaissait cette ambition, qu'elle répétait à qui voulait l'entendre.

D'où lui venait ce désir ? Était-ce d'une réserve ou d'une pudeur naturelle et propre aux femmes, qui les empêche de dire les choses directement ? Telle celle qui, prise d'un besoin pressant, dit à son compagnon de promenade : « Si on allait boire un café ?»

Non, et cette attitude était démentie d'ailleurs par son comportement, toujours plus altier que modeste. Il me semble que cette manie qu'elle avait de vouloir être comprise à demi-mot venait d'une coquetterie particulière qui lui donnait une haute image d'elle-même. Tout se passait comme si elle ne daignait pas exposer la totalité de ce qu'elle pensait à des esprits inférieurs aux siens : ils n'auraient qu'à chercher le sens complet de ses phrases, et consentir pour cela l'effort qui était nécessaire. Après tout, elle le méritait bien !

Je pense aussi qu'il y avait en elle une obstination féministe à se démarquer des hommes. Ils nous dominent, soit ! Mais je vais prendre ma revanche en les forçant à chercher ce que je veux dire. Il me plaît d'être pour eux un sphinx énigmatique.

Vous faites une si grande fête de votre logique masculine, et vous nous cantonnez dans le domaine indécis de l'intuition. Il faut vous répéter deux fois pour que vous compreniez ce que nous

vous disons. Alors faisons l'équilibre : compre-
nez ce que nous vous dirons à moitié.

De toute façon ce « à demi-mot » chez elle
était péremptoire, et il ne servait à rien de s'y
opposer. Peut-être quand elle le prononçait était-
elle dans sa phase d'animosité, d'*animus* au sens
jungien. Alors surtout il ne fallait pas la contre-
dire – comme en général toute femme qui se
trouve dans ce cas, quand elle défend une idée
dont elle ne veut absolument pas démordre.

Je crois qu'ainsi elle se condamnait au solip-
sisme. Et qu'elle ne pouvait connaître une vraie
histoire amoureuse, dont le carburant essentiel est
la parole. Je me dis que bien sûr cette dernière
peut parfois servir à tromper l'autre, et parfois
avec des conséquences tragiques. Mais enfin sur
quel socle solide peut-on faire reposer une relation, sinon sur l'échange verbal, qui nous institue
en humanité ? Simplement il faut nettoyer
l'échange de ses scories, arrière-plans divers,
intentions cachés, etc. qui peuvent le polluer. En
somme, aseptiser la situation, comme on le fait
avant une opération chirurgicale.

Quand je pense à elle, je me demande ce
qu'elle est devenue. Cela fait longtemps que je ne
l'ai revue. Simplement un ami commun m'a ra-
conté une mésaventure qui lui serait arrivée. Je ne
sais si c'est vrai. Mais c'est toujours bien fait d'y
croire.

Le désir qu'elle avait de vouloir toujours être
comprise à demi-mot indisposa un jour un nou-

veau venu dans la petite cour d'admirateurs qu'elle cultivait autour d'elle. Il se fit donc courtisan zélé, et flirtait avec elle assidûment, au point qu'elle en devint éprise. Il lui proposa de lui envoyer comme témoignage écrit de ses sentiments un poème qu'il avait fait en pensant à elle. Elle accepta avec joie. Mais quand elle le reçut, tous ses traits se décomposèrent.

Écrit à demi-mot, il ne comportait qu'un mot sur deux.

EN AVOIR LE CŒUR NET

Elle l'avait souvent entendu, en société, vanter l'imprescriptible liberté de chacun, et le refus de tout ce qui s'y oppose. Elle en était fort effrayée, et se demandait si un couple comme celui qu'ils formaient ensemble était compatible avec la pratique d'un tel programme.

Comme elle n'osait pas, en privé, lui demander ce qu'il en pensait, et pour *en avoir le cœur net*, elle résolut de l'interroger à sa façon, espérant bien qu'il mettrait fin à ses alarmes.

Elle feignit d'entrer absolument dans son langage, et se déclara elle-même comme une femme totalement libérée, adepte de ce qu'elle voyait être des mœurs modernes. S'il voulait faire ses propres expériences de son côté, eh bien il n'avait qu'à les faire ! Et du sien elle ferait de même. Cela n'obérerait pas, évidement, le lien qui les unissait. Ne le pensait-il pas ainsi ?

Elle le regardait du coin de l'œil, pour lire sur sa physionomie l'écho de ses paroles. Il n'avait qu'à la détromper pour qu'elle fût rassurée, et elle en attendait la manifestation. Elle espérait même qu'il la prît dans ses bras, avec tendresse, pour chasser les mauvaises pensées qu'elle venait d'émettre.

Mais à sa grande surprise, au lieu d'humbles et affectueuses dénégations, elle voyait sur ses lèvres un triomphal sourire d'acquiescement.

Ce qu'elle venait de lui dire, c'était précisément ce qu'il attendait d'elle en n'ayant jamais eu le courage de le lui demander. Oui, ce qu'il avait dit était bien ce qu'il pensait pour lui-même. Oui, il voulait être libre, et que la vie de leur couple ne l'en empêchât point. Et aussi combien était-il maintenant heureux de son langage, si parfaitement accordé au sien ! Assurément leur cheminement futur se ferait désormais sous les meilleurs auspices, à partir d'une si belle concordance de leurs deux esprits. – Mais pourquoi ne pas se réjouir avec lui, pourquoi cette mine si déçue ?

– Excuse-moi, je me réjouis autant que je le peux...

... Tant il est dangereux de ruser, et de PLAIDER LE FAUX POUR SAVOIR LE VRAI !

LE CŒUR A SES RAISONS...

Quand elle le voyait, elle sentait battre son cœur. Et aussi quand, absent, elle songeait à lui. Elle en était totalement, dirai-je, pénétrée. Et elle désirait unir sa vie à la sienne.

Ses amies pourtant la prévenaient. Il aimait faire le joli cœur auprès de beaucoup de partenaires, et aussi il aimait boire jusqu'à l'ivresse, en suite de quoi il pouvait devenir agressif, violent.

Mais elle ne les écoutait pas. Seraient-elles jalouses, d'ainsi vouloir le dénigrer à ses yeux ? Et puis ce pouvait n'être là que péchés de jeunesse, qui disparaîtraient avec la maturité. Elle ressentait pour lui un amour si entier qu'elle était prête à tout affronter. Ne dit-on pas que l'amour transforme, non seulement celui qui l'éprouve, mais aussi celui vers lequel il se porte ? Il n'est aucun miracle dont il ne soit capable.

Ils se marièrent.

Lors de la cérémonie, à l'église, le prêtre, en matière de conseils, leur lit le passage bien connu de l'épître aux Corinthiens, où il est dit que l'amour surpasse toute connaissance, et est capable de tout supporter. Elle était aux anges, trouvant dans ces paroles confirmation de tout ce qu'elle pensait et avait lu jusque là. Les sages pouvaient bien dire ce qu'ils voulaient, leur sagesse serait réduite en cendres ! Le cœur a ses raisons que la raison ne connaît pas.

Dans les premiers temps, tout se passa bien pour elle. Il était attentionné et prévenant, comme doit l'être un bon mari. Cependant, elle constata qu'il rentrait chez eux de plus en plus tard, et dans un certain état de volubilité incontrôlée qui commençait à l'inquiéter. Elle ne savait plus quoi penser. Enfin une de ses amies lui dit qu'elle l'avait vu entouré de copains et de copines, menant grand bruit et grand train dans un bistrot. Ivresse et flirts y semblaient la règle.

Aux demandes d'explications qu'elle lui adressa, il ne répondit rien. Elle ravala ses reproches, se disant, comme l'avait rappelé le prêtre que l'amour supporte tout, et qu'il peut tout faire changer.

Les mois passèrent, sans qu'il changeât. Elle continuait, néanmoins, à tout supporter.

Mais un jour elle le rencontra, inopinément, en ville et en galante attitude avec une femme qu'elle ne connaissait pas.

La mesure était comble. Le soir même, elle lui demanda des comptes sur ce qu'elle avait vu. Elle était prête encore à lui pardonner, si du moins il montrait quelque repentir.

Mais il ne songea même pas à mentir, à alléguer par exemple la rencontre d'une vague parente. Il lui signifia qu'il ne l'aimait plus, et qu'il en aimait une autre. Elle devait de toute façon se faire à cette idée.

– Jamais, lui-dit elle, je ne l'accepterai.

En réponse, il la menaça de sa main levée.

C'était la première fois qu'il se comportait ainsi avec elle.

Elle s'enfuit. Et ses sanglots maintenant lui montraient que l'amour ne peut pas tout supporter, pas plus que le cœur quand la raison est absente.

OÙ, QUAND, COMBIEN ?

Monologue misanthropique

À voir tous ces couples flirtant sans retenue et sans aucunement se cacher dans ce jardin public, c'est bien à ce type de langage, je pense, que pourraient aboutir les rencontres d'aujourd'hui. Mes contemporains font-ils autre chose que suivre leurs désirs ? Belle époque décomplexée que la nôtre, quand l'envie se satisfait aussitôt qu'apparue !

Je présume qu'on y peut être facilement échangiste, comme si chacun appartenait à tout le monde. Sans doute toute fixation exclusive du désir sur un objet unique est-elle source d'angoisse, et pour cette raison on n'en veut plus. C'était bon pour l'Ancien Monde, où on acceptait de vivre dans l'inquiétude : « Ne rentre pas trop tard ce soir, ne prends pas froid... Je t'attendrai en pensant à toi... »

Ces humbles mots, si touchants pourtant, nous semblent bien étranges aujourd'hui, car nous avons appris à vivre légèrement, et plus rien ne nous touche de façon irrémédiable. Notre époque est *fun*, heureusement ! Et de cette vie légère et exemple de souci grave, le maître-mot aussi est *cool*. On l'emploie à tout bout de champ, pour dire n'importe quoi. Et c'est bien : cela évite la peine de chercher des mots appropriés, et d'explorer la vaste gamme des sentiments possibles. Loi du moindre effort... Nous avons inventé l'absence de souci dans l'apesanteur. D'ailleurs

« pas de souci » se répand aussi maintenant, il suffit d'ouvrir ses oreilles.

Autrefois... Ah ! autrefois... cela semble bien loin, et qui s'en souvient ? Autrefois on faisait sa cour, si on était lettré on connaissait sa carte du Tendre, avec les étapes répertoriées : « Village Petits soins », « Mer d'Indifférence », etc. Et si on n'avait pas cette culture, au moins effeuillait-on la Marguerite : « Je t'aime un peu, beaucoup, passionnément, pas du tout, etc. » On savait aimer en ce temps-là, puisqu'au moins on avait la richesse et la variété du langage qui permettait de déterminer précisément les différents états et aspects que peut revêtir le sentiment amoureux. Mais aujourd'hui tout cela se simplifie bien, cela n'est que *cool*...

En rabotant le langage, on a raboté les cerveaux. Parler d'amour pourtant, c'est déjà le faire. Et pour cela autrefois on prenait le temps. Tenez, j'ai parlé de faire sa cour. Qui en connaît encore la signification ? Les histoires d'amour de maintenant obéissent bien souvent à la règle des trois unités dans la tragédie classique. « Qu'en un jour, en un lieu, un seul fait accompli / Tienne jusqu'à la fin le théâtre rempli. » On n'y prend pas le temps de développer l'ancienne rhétorique, celle du « Je t'ai donné mon cœur », ou de « la Dame de mes pensées ». Le *Où, quand, combien ?* la remplace aisément.

Durent-elles longtemps aujourd'hui, ces histoires d'amour ? Je crois bien que non. On s'éprend, on se méprend, on se reprend. Rien ne tire à vraie conséquence. Et si le temps fait passer l'amour, l'amour fait passer le temps...

Pourquoi aussi a-t-on oublié les bienfaits, en maints domaines, du voilement ? Il est vrai que la rhétorique voilait les choses, opérait autour d'elles une circumambulation, parlait autour d'elles, littéralement *périphrasait*. Mais quel bénéfice en tirait-on ! D'abord les plaisirs de l'attente, comme quand on gravit une montagne l'attention portée aux divers lacets du chemin fait désirer davantage le spectacle qu'on aura au sommet, et qui tire son intérêt du fait qu'on ne le voit pas entièrement d'emblée. C'est au début la distance, l'éloignement du but, et après son approche par détours ou *ambages* qui en font le prix.

Vous conviendrez avec moi que mieux vaut deviner que voir complètement. C'est comme le voilement du corps. Si l'on peut aimer l'érotisme (si périphrastique !), pourquoi aimer le nudisme ? L'endroit le plus érotique d'un corps n'est-il pas celui où le vêtement bâille ? C'est comme cela que le langage humain enrichit la vie : quand il joue sur la suggestion et l'ellipse, regardant les choses obliquement plutôt que frontalement. Jupe fendue...

Mais certes on en est bien loin aujourd'hui, à l'ère de la pornographie envahissante, des plans Q, et des rencontres faciles sur Internet. L'amour n'y est, comme l'a dit un libertin, que l'échange de deux fantaisies et le contact de deux épidermes. Peut-être en effet n'est-il que cela, mais au moins le langage nous le laissait supposer autre...

Les jeunes filles en fleur d'aujourd'hui effraie-raient celui qui a les a imaginées, et a rêvé sur elles. Elles parlent comme on dit cash, sans filtre, exactement comme les garçons. Quelle catas-trophe à tout vouloir étaler, et dans son corps et dans son langage ! Le Voile salvateur a disparu, et devant cela un seul cri convient : RIDEAU !

Ô vous mes contemporains, êtes-vous vrai-ment heureux, comme vous le croyez et comme vous le dites ? Où est l'élan qui vous emportait autrefois vers les terres enchantées de l'Amour comme un Graal à découvrir, un unique but à atteindre ? Pouvez-vous encore espérer rejoindre la troupe de ceux qui autrefois s'embarquaient pour Cythère ?

Imaginez de l'eau sous pression dans un tuyau. Si vous percez un trou, un grand jet s'échappe. Maintenant, si vous percez un grand nombre de petits trous, vous n'avez qu'une série de petits jets dérisoires. Il en est de même pour vous : où est ce grand élan, cette force de vie qui jaillissait fortement, celle de l'Amour qui meut le soleil et les autres étoiles, comme le dit la fin de la *Divine Comédie* ?

À vous voir ainsi déchus et unidimensionnels, je crois voir ces semblants d'hommes ou *pseu-danthropes* dont parlaient les anciens gnostiques. Ou encore ces ilotes que les Spartiates d'autrefois enivraient et dont ils présentaient l'image à leurs fils, pour les en dégouter et les inciter à la sobrié-té.

... Mais qui vient vers moi ? Que me veut cette petite fille ? Pourquoi a-t-elle quitté son camarade de jeu ? Ah, je vois, son ballon lui a échappé et a heurté mon banc.

– Eh bien petite fille, c'est cool le ballon, et aussi tu as abandonné ton petit copain ?

– Ce n'est pas cool, et puis ce n'est pas mon petit copain, c'est mon *amoureux*.

Un Regret souriant

Surgir du fond des eaux le Regret souriant...
Baudelaire

C'était un grand idéaliste. Pour lui, tous les rêves qu'il pouvait faire excédaient radicalement toute réalité. À ses yeux là était sa meilleure part dans la vie. Il pensait que l'homme descendait du Songe.

Il voyait la vraie fête dans la veille de la fête, le vrai dimanche dans le samedi soir, les vraies vacances dans le jour où on les prend, et le meilleur moment en amour dans le pas qui monte l'escalier. N'est-il pas meilleurs, aussi, dans les rêves que dans les draps ? À quoi bon, disait-il, aimer les accomplissements ? Ne sont-ils pas toujours en retrait par rapport à leur attente ? Une réalisation, quelle qu'elle soit, n'est-elle pas le masque mortuaire de son intention ?

Ainsi pour lui les fruits ne passaient jamais la promesse des fleurs. Il aimait le printemps, qui est l'attente de l'été, et non pas l'été réel lui-même, si étouffant et si débilitant, si caniculaire aussi maintenant. Par contre l'automne aussi l'attirait, comme souvenir transfigurateur de l'été disparu. Comme si on n'était jamais heureux dans la vie que dans l'attente de ce qu'on se promet et dans le souvenir de ce qui n'est plus. En somme on n'est heureux qu'avant de l'être et quand on ne l'est plus.

Il savait que les hommes veulent connaître de belles histoires, de mémorables aventures. Mais ont-ils réfléchi que le sentiment d'une aventure n'existe pas dans l'aventure elle-même, même si on croit la vivre, mais dans sa remise en mots par l'esprit ?

Quand on vit les choses, il est bien rare qu'une signification quelconque en soit présente en nous. C'est seulement quand on se les remémore qu'elles s'organisent pour nous en totalité signifiante et définitive, inatteignable dans une existence livrée au hasard. Ainsi la vie pour lui ne devenait intéressante que quand elle est racontée. Grace à la densité et la médiation des mots, elle prend alors une dimension de nécessité, de destin, qu'elle n'a jamais quand on la vit immédiatement. Au fond la vraie vie, concluait-il, n'est pas dans ce qu'on a vécu, mais dans ce dont on se souvient et la façon dont on s'en souvient.

La beauté de certains visages le transperçait, comme autant d'incarnations de leur archétype, de l'idée à laquelle ils renvoyaient. Derrière ce tout qu'il voyait transparaissait un monde idéal, éternel, qui le garantissait, et à côté duquel tout le reste n'était qu'imperfection, scories, enlisement dans la circonstance.

Voici à quoi, se disait-il, est promis pour plus tard tout beau visage : à l'enlaidissement, aux rides, à la déchéance. Il n'est rien que Temps ne détruit : Chronos dévore ses enfants.

Alors à quoi bon tenter d'avoir une histoire, comme on dit, avec la beauté qu'on côtoie, si elle est soumise à la dure loi de l'effacement, et condamnée à devenir sa propre caricature ? Et quelle atroce désillusion, plus tard, à voir ce qu'est devenu ce qu'on a adoré un jour ! Mieux vaut se contenter de contempler maintenant ce qui nous donne une idée de l'éternité, et garder au fond de soi cette précieuse image. Il ne faut pas toucher aux idoles. La dorure en reste aux mains.

*

Une amie à qui il avait tenu ce discours lui représenta qu'il ne faisait que reprendre la philosophie de Platon, et il en convint. Aussi sa vision de l'amour était-elle celle de ce qu'on appelle ordinairement l'amour platonique, ce dont il convint aussi.

– Mais pourtant, lui disait-elle, songe à ce qui peut se produire si tu as été fasciné par la beauté ainsi incarnée, sans avoir osé y toucher, comme tu le dis, et si ensuite tu te rends compte au moment du bilan final que tu as fait fausse route dans ton choix, que tu n'as pas été heureux. N'auras-tu pas un énorme regret alors ?

– Je ne crois pas, lui répondit-il. Réfléchis : quand le dimanche soir tu refermes les volets, et tu te dis encore que quelque chose aurait pu dans cette journée se produire qui ne s'est pas produit, es-tu vraiment, profondément malheureuse ? Ou bien, pour mieux dire, n'y a-t-il pas dans cette tristesse même (je t'accorde la tristesse) un certain plaisir, quelque chose qui ressemble à de la satisfaction ? Sois sincère. Que se serait-il produit si cette chose que tu attendais était vraiment arrivée ? On peut certes être frustré dans la vie si on n'a pas ce qu'on désire. Mais si on l'a, qui nous dit qu'il n'y a pas dans cette obtention même un risque de déception ? Tant il est dangereux de se frotter au réel ! Les plus belles histoires sont peut-être celles qui ne commencent jamais...

Et devant son étonnement, pour se finir de se justifier il conclut :

– Regret, dis-tu ? Peut-être, mais alors seulement un certain type de regret :

UN REGRET SOURIANT

FAMILLES

Faut-il les aimer, faut-il les haïr ? Dans l'absolu, la question n'a pas de sens. Ceux qui n'en ont pas en voudraient une, et ceux qui en ont souvent n'en voudraient pas. Au fond, il en est de la famille comme du mariage : ceux qui sont dehors veulent y entrer, et ceux qui sont dedans veulent en sortir.

Néanmoins, le catéchisme religieux et social est si influent sur les esprits qu'on le regarde de travers, celui qui n'aime pas la célébration familiale traditionnelle.

C'était son cas...

... Il pensait que l'on doit se lier à d'autres que soi par choix, et non par obligation. Pour lui l'amour devait être une détermination volontaire, ce qu'on appelle une *dilection*. Il voulait qu'on prît là-dessus modèle sur l'amitié, dont le support est identique. Car la différence ici est évidente : le sort fait les parents, le choix fait les amis. Aussi ceux qu'il avait choisis pour le suivre, il les appelait « mes amis ».

Quant à sa famille, il disait qu'il fallait la *haïr*. Sans ambages. Un jour, sur son chemin, une femme l'apostropha, et déclara heureux les seins qui l'avaient nourri et le ventre qui l'avait porté. Mais lui ne voulait pas de cette partialité biologique. L'important était ailleurs, dans la méditation de l'Essentiel. Et à cela n'importe qui pouvait accéder. Point n'était besoin pour cela de la caution d'un lignage, ou d'appartenir à un groupe imposé par une communauté de sang.

Est-il chose plus étrange que ces fameux « liens du sang », censés garantir proximité, et parfois procurer absolution ? Ils font fi de toute justice. Maintenant quand je pense au refus radical qu'il en a manifesté, je crois qu'il avait raison. Peut-on par exemple embrasser un enfant à qui, si nous n'étions pas lié à lui par le sang, comme on dit, on refuserait de serrer la main ?

Les vraies familles pour lui étaient spirituelles. L'important était qu'il y eût, non sujétion, mais affinité. Et là encore je pense qu'il était dans le vrai. Que peut-on attendre d'une relation quelconque dans laquelle on ne partage rien en matière d'intérêt ?

Beaucoup par exemple, peut-être souffrant déjà de leur propre caractère, s'imaginent qu'en choisissant un partenaire d'un caractère opposé au leur, ils pourront compenser, s'équilibrer. Mais à l'usage c'est catastrophique. Que peut m'apporter quelqu'un avec qui je n'ai aucun intérêt commun ? Cela ne peut faire que deux malheureux.

Il voulait donc en général libérer l'homme de tous les liens imposés, pour enfin s'ouvrir au message de dé-liaison qu'il portait.

L'a-t-on écouté ? Ceux qui se réclament de lui n'ont eu de cesse, pourtant, que de rétablir ce dont il ne voulait pas. Aussi, le dimanche qui suit Noël, jour supposé de sa naissance, ont-ils instauré une fête glorifiant aussi ses parents, et qui semble sa propre ironie :

La Sainte famille…

SOLITUDE

On lui avait répété que l'homme n'est pas fait pour vivre seul, qu'il a besoin par exemple d'un prochain contre qui se blottir pour se tenir chaud la nuit : une bouilloire ou un édredon vivants, en quelque sorte. La Bible était péremptoire là-dessus, dans le livre de l'Ecclésiaste par exemple.

Pourtant ce catéchisme ne le convainquait pas. Il sentait en lui une autre évidence, une profonde certitude. Il n'était vraiment lui que seul, et en société il lui tardait toujours de se retrouver face à lui-même. Pour s'appartenir, il fallait pour lui se tenir à part.

Malgré tout, il avait envie aussi d'un ou d'une partenaire avec qui il pût échanger, car l'amour de la solitude n'est pas la recherche de l'isolement. Si le premier terme est vital, le second, convenait-il, n'est pas une bonne chose, et contrevient à la nature de l'homme, qui est tout de même, quoi qu'on en dise, un animal social.

Il se décida donc à mettre une annonce, à la rubrique *Rencontres* d'un journal local. À la parcourir, il fut surpris de voir que les formulations étaient tout opposées à ce à quoi il avait pensé. Il lisait des phrases comme : « N'en pouvant plus de solitude, cherche un partenaire pour la rompre, etc. » Mais c'est réifier autrui, se disait-il, c'est l'instrumentaliser, c'est le traiter au rebours de toute morale comme un moyen, et non comme une fin. Bref, mieux vaut alors prendre un animal de compagnie, un poisson rouge, que sais-je ?

– Voyons, que vais-je écrire ? Après avoir réfléchi, voici quelle fut son annonce :

Solitaire, aimant la solitude, cherche autre solitaire pour l'habiter ensemble.

L'annonce parut, et nulle réponse ne lui parvint.

C'est fatal, se dit-il, on a cru à un canular, et on ne s'est pas occupé de répondre.

Déçu malgré tout, il ne répéta pas sa démarche, manifestement inefficace. Et il décida désormais de s'abandonner au *divin hasard...*

... Le voici assis seul sur un banc, dans un jardin public. Que d'histoires savent-ils, ces bancs ! Ah s'ils pouvaient parler, que ne nous diraient-ils pas sur le cœur humain !

La lecture qu'il a commencée, il l'interrompt maintenant, et pose le livre ouvert à côté de lui, titre en-dessous.

S'approche alors une jeune femme, toute seule aussi. Elle fixe le livre sur le banc. Elle lui dit : « Où en êtes-vous ? »

Il reprend le livre, *Lettres à un jeune poète*, de Rilke. Il le rouvre à la page où il s'est arrêté, lui montre le passage, et l'invite à s'asseoir à son côté.

Ils lisent alors ensemble, et se répondant intérieurement en écho :

L'AMOUR SERA DEUX SOLITUDES
QUI SE PROTÈGENT, SE BORNENT ET SE RENDENT
HOMMAGE.

JALOUSIE (I)

 Merci, Jean. »

Il tressaille. Pourquoi l'a-t-elle appelé ainsi ? Ce n'est pas son nom à lui. Il se demande le sens de son lapsus. Évidemment elle avait présent à l'esprit un autre que lui. Et malgré elle, elle l'a fait renaître en cet instant. Le voici maintenant là, venu pour les séparer.

Alors un pincement se fait dans son cœur. Et invinciblement il sombre dans les affres de la jalousie.

La première fois qu'il la vit, il pensait, vu son jeune âge, qu'elle n'avait connu personne d'autre que lui. Et quand il la connut enfin, bibliquement parlant, il pensait aussi qu'il était le premier. Pour moi, sa vision était évidemment modelée par le catholicisme de son enfance, et le culte qu'il rendait à la virginité. On trouvera cela daté aujourd'hui, et même absurde, mais il fut un temps où cette question préoccupa maints hommes à propos de leur mariage.

Donc *Jean* l'avait précédé. Il avait l'impression d'une tache, d'une souillure qui la salissait. Il ne lui venait pas à l'idée que cette réaction est inadmissible au fond, que personne n'appartient à personne, que nul ne peut prétendre à aucun titre de propriété sur le corps de quelqu'un, et que de toute façon nul n'est responsable des divers aléas de la vie qui lui sont survenus. Bien plutôt il ne cessait pas de se tourmenter, bourreau de lui-même, persécuté persécuteur.

Il ne voulait pas éclaircir ses soupçons en l'interrogeant. Il décida de faire son enquête à l'insu de la jeune femme.

Il chercha des lettres dans ses affaires, sans en trouver. Passait-elle un coup de téléphone, il tendait l'oreille pour essayer de savoir quel était son correspondant. Rentrait-elle le soir plus tard que d'habitude, il se perdait en conjectures sur la raison de ce retard.

Qui était-il ce Jean, son rival sur le corps de la jeune femme ? Peut-être un ancien amour, maintenant disparu. Ou un simple flirt ? Mais pourquoi avait-elle encore prononcé son nom, sinon parce qu'elle continuait d'éprouver quelque sentiment pour lui. ? Comment le savoir ?

Alors, n'y tenant plus, il lui dit un jour, en affectant un ton parfaitement détaché :

– N'as-tu pas connu, avant moi, quelqu'un qui s'appelait Jean ?

Sans s'émouvoir, tout naturellement, elle répondit :

– Mais si, c'était un étudiant, un bon camarade à moi, qui m'aidait alors comme tu le fais maintenant dans mon travail et mes recherches. J'en avais bien besoin, j'ai pour lui encore une grande reconnaissance, et je pense à lui bien souvent.

Puis elle ajouta :

– Mais pourquoi me demandes-tu cela ?

Il raconta tous ses soupçons, et il baissait la tête.

Elle le pensait rassuré. Cependant avec un malicieux sourire elle décida à cette occasion de lui donner une leçon.

– Remarque bien qu'exprès je ne te dis pas si ce que tu as imaginé est vrai ou faux. Cela peut être, cela peut ne pas être. Je te dis cela pour te montrer que dans l'amour vrai l'essentiel est la confiance qu'on fait à l'autre, sans se demander constamment si elle est fondée ou non. Crois donc ce que tu veux, cela n'a aucune importance. Dans l'amour il faut regarder en avant, et non être fixé sur un passé qu'on ne peut de toute façon pas modifier.

Songe aussi que le vrai amour ne cherche pas qu'à recevoir, y compris ces marques apaisantes de réconfort qu'on mendie bien souvent et qui font cesser pour un temps d'être malheureux. Il consiste aussi à donner, à s'efforcer de rendre l'autre heureux.

Maintenant, ta jalousie, mon cher, est d'un autre âge. Une femme n'est pas un territoire à préserver, une chasse gardée de son partenaire. L'obsession par exemple de la connaître vierge n'a de sens que par rapport à une doxa, une représentation collective, aujourd'hui fort en déclin d'ailleurs chez nous. En fait tu es victime d'un préjugé social, et c'est le regard des autres que tu redoutes. De tout cela tu dois te déprendre.

Et ne me parle pas ici d'amour. La jalousie n'a rien à voir avec l'amour, mais seulement avec L'AMOUR-PROPRE.

Jalousie (II)

LUI (*lettre à son ami*) – Maintenant je la hais. Au fil du temps, notre relation s'est effilochée, et enfin elle s'est brisée, et cela à cause d'elle.

Je l'aimais beaucoup pourtant. Magique fut notre première rencontre : aussi ai-je voulu en éterniser l'atmosphère, me méfiant du temps qui passe et qui ronge tout. D'un commun accord, nous avions résolu d'être absolument l'un à l'autre, et pour cela de nous tenir à l'écart de tout ce qui pouvait empiéter sur notre intimité, et la famille, tout me semblait suspect, potentiellement dangereux. Aussi nous sommes-nous tenus isolés pour parfaitement nous appartenir. J'ai trouvé toujours très suspects ces prétendus amants qui mettent constamment des tiers entre eux : pourquoi ne se satisfont-ils pas d'être simplement l'un à l'autre ? De toute façon cela me convenait, et à elle aussi, qui n'avait pas élevé d'objection à cette disposition.

Malheureusement ces moments d'union parfaite ont été rompus par des intrusions de l'extérieur. Ce furent d'abord de longs coups de téléphone, auxquels elle répondait seule en se tenant à l'écart de la pièce commune, en se cachant de moi. Manifestement ils lui procuraient un plaisir dont je n'étais pas, et cela me froissa. Puis il y eut ces retards à revenir de son travail, qui m'ont préoccupé de plus en plus. Mais que dire à celui qui n'a pas éprouvé ce tourment ?

À la fin, je l'ai suivie, en prenant bien soin de ne pas me faire voir. C'est alors que je l'ai surprise.

Elle était attablée à la terrasse d'un café, en compagnie d'un homme, jeune comme elle, et auquel elle prodiguait manifestement beaucoup de marques de tendresse. Elle était si heureuse, si épanouie, irradiant d'un air que pour ma part je ne pourrais jamais lui inspirer... Quelle torture ! Et qui me dit aussi qu'elle n'a pas eu de semblables plaisirs avec d'autres que celui-là ?

De toute façon j'en avais assez vu. Sans un mot de plus, le soir même, je lui signifiai notre rupture.

Tout mon amour s'est maintenant changé en détestation. Comment celle que j'ai adorée a-t-elle pu ici se comporter ? Assurément s'il est ici un Droit, une Justice, ils sont pour moi. Si comme on dit l'amour est fort comme la mort, la jalousie, elle, est inflexible comme l'Enfer : ses flammes sont comme l'a dit la Bible des flammes ardentes. Jaloux, certes, je le suis, mais ici au-delà de toute mesure, et il me semble divinement. Je l'ai jugée pour ce qu'elle est : une traîtresse. Le prix de sa conduite retombera sur elle. Ses pleurs ne serviront de rien. Qu'elle prenne garde ! Elle ne sait ce que je suis encore capable de faire. J'ai ici autant de pouvoir que Dieu lui-même : à moi la vengeance et la rétribution !

*

ELLE (*lettre à son amie*) – Plains-moi, ma chérie ! Il vient de me renvoyer. Et je ne comprends pas ce qui l'a poussé.

J'avais remarqué depuis longtemps son application à me couper de toutes les relations extérieures à notre couple. Cet amour exclusif me flatta au début, car j'y mesurais la grandeur de l'attachement qu'il éprouvait pour moi. J'ai donc voulu lui faire plaisir, je n'ai pas eu l'idée de lui dire que ces mesures étaient excessives. Et puis j'ai pris l'habitude de communiquer au téléphone avec mes amies, ma famille, en m'isolant de lui, pour ne pas l'indisposer par ces interférences dont notre amour pouvait, selon lui, faire les frais. Mais je voyais bien qu'il n'était pas content de ces précautions que je prenais, pourtant par égard pour lui.

Et voici que maintenant il met fin à notre amour ! La journée avait pourtant bien commencé. J'étais heureuse d'avoir parlé, dans un café où il m'avait donné rendez-vous, avec mon cousin, avec qui j'ai de très bons souvenirs d'enfance, et que je n'avais pas revu depuis longtemps. Aussi, rentrée chez nous, j'ai reçu sa colère comme une douche d'eau glacée. C'est incompréhensible. Il semble qu'il m'ait condamnée sans que je puisse me défendre. Que lui est-il venu à l'esprit ? Peut-on s'ériger ainsi en juge ? De qui follement prend-on la place ? Et à quoi s'expose-t-on si on le fait ? Songe-t-il, lui qui m'a jugée sans fondement, qu'un jour peut venir où lui aussi pourra répondre à la justice ? Que celui qui se pose en juge s'expose à être jugé lui-même...

*

L'AMI (*en réponse au premier*) –Je ne puis t'approuver. Tu passes si vite de l'amour à la haine ! Les choses dans la vie sont bien plus complexes.

D'abord tu devrais avant de la condamner lui demander de s'expliquer. Peut-être y a-t-il là des choses qui t'échappent. On ne sait pas tout dans l'existence, pas plus que le tout des situations. Aussi méfie-toi de la jalousie : elle est bien mauvaise conseillère. Elle tourmente celui qui en est l'objet tout autant que celui qui l'éprouve, bourreau mis lui-même au supplice. Et quant à la dire « divine » comme tu fais, c'est une vision religieuse bien archaïque, que je pensais bien dépassée aujourd'hui. Et en maintenir le langage comme tu le fais est d'un fanatique, et relève bien plus du réflexe que de la réflexion.

Pense de nouveau à celle que tu as aimée, ou que tu aimes encore, je ne sais, car la jalousie a peu à voir avec l'amour. Songe que même si elle est coupable, comme on dit, mieux vaut dans ce cas pardonner qu'incriminer. Elle te le rendra au centuple. Le pardon ouvre à l'amour, et son refus à l'enfermement en soi, sans espoir d'ouverture : celui à qui on pardonne peu aime peu.

Bon courage !

DESTIN

Il l'avait connue à l'Université, où il enseignait et où elle préparait sa thèse. Très vite ils avaient sympathisé, et très vite aussi ils étaient devenus amants. Pour eux le ciel s'était ouvert enfin, répondant à une longue attente. Ils n'avaient qu'à remercier le sort de les avoir réunis : hasard pour lui, providence pour elle. Mais leur différence de sensibilité sur ce point n'oblitérait pas leur entente profonde.

Un jour, comme ils avaient vu dans le musée de la ville une tapisserie représentant la légende de Pyrame et Thisbé, il lui dit que cette histoire représentait pour lui l'omnipotence du destin.

Elle voulait savoir pourquoi. Alors il lui représenta Pyrame, allant voir Thisbé et ne trouvant que son écharpe voisinant avec un lion : ne pouvait-il conclure que son amie avait été dévorée par le lion ? En quoi Pyrame obéissait à une parfaite logique, qui le plongea dans le désespoir et le détermina à s'ôter la vie – avant que réapparaisse Thisbé, bien vivante, réduite alors à pleurer son ami mort. Cette fin tragique, exactement comme celle de *Roméo et Juliette*, lui semblait inéluctable, et le coup du sort, imparable.

Mais non à elle, qui critiquait dans cette histoire la légèreté et l'irréflexion de Pyrame. Que n'avait-il attendu un peu, patienté quelque temps, avant d'aller jusqu'à une décision extrême ? La logique n'est pas tout, il faut avoir plus de confiance dans la vie, pour cela explorer ses possibles, jouer sa partie contre le destin, avant de lui donner la main. Une femme le sait, qui lutte avant de s'avouer vaincue : ce sont les hommes qui capitulent par découragement.

Mais lui la regardait en souriant, étranger décidément à cette façon de voir.

*

À quelque temps de là, elle partit pour un court séjour et pour les exigences de sa thèse aux États-Unis. Mais il ne devait pas se faire de souci. Elle serait bientôt revenue.

Lui attendait avec impatience l'instant de leur réunion. Pour tromper le temps, il alla revoir plusieurs fois la tapisserie illustrant le récit d'Ovide, sans qu'il pût en tirer autre chose que le tragique échec de la logique humaine, et sans qu'il pût comprendre la façon de voir de son amie.

*

Enfin voici le jour de son arrivée. Il a préparé l'appartement pour qu'elle ait plaisir à s'y retrouver.

En attendant, il allume la radio.

Un bulletin d'information lui parvient. Il l'écoute.

L'avion en provenance de New-York dont l'arrivée à Paris était prévue le *, à *, s'est écrasé dans l'océan, et il n'y a pas de survivants.

C'est cet avion, le jour et l'heure correspondent.

Il s'effondre.

*

Il marche dans la rue comme un somnambule. Sa tête bourdonne de pensées. Ce qu'il a perdu est sans mesure. Ils s'entendaient si bien tous les deux, même si parfois son optimisme solaire semblait contrevenir à son propre désenchantement ! Mais quelle importance maintenant ? Ne sont-ils pas morts tous les deux ? Le fatum a fait son œuvre. Autant en finir tout de suite…

Le tramway survient et écrase le désespéré.

*

Dans son appartement vide le téléphone sonne. Le répondeur prend la communication :

Mon chéri, excuse-moi. J'ai raté mon avion. Je vais prendre le suivant. Le serai bientôt près de toi. Je t'aime.

ENTÊTEMENT

Laissez les morts enterrer les morts.

Elle l'avait aimé dès qu'elle le vit. Malheureusement il était marié, et leurs rencontres au début furent clandestines. À la fin, lassée d'attendre, elle le persuada de demander le divorce. Il l'obtint.

Ils furent heureux autant qu'on peut l'être. Ils s'accordaient aussi par le corps et le cœur, plus que par l'esprit. Souvent il lui reprochait gentiment son exaltation. Elle le voulait tout entier à elle, sans réserve, et qu'il ne fût à personne d'autre. La mort même ne les séparerait pas. Il avait beau lui représenter que nous ne sommes pas grand chose aux yeux de l'univers, qu'une vie humaine à cette échelle ne vaut pas mieux qu'un grain de poussière, qu'il suffisait de ramasser une motte de terre pour y voir notre destin, et que si haut qu'on soit monté, on finit toujours par des cendres…Rien n'y faisait.

Étrangère à cette sagesse, elle le laissait parler, mais n'en pensait pas moins au fond d'elle-même. On verrait bien qui aurait raison.

Un jour fit advenir ce qu'il lui disait souvent en manière d'avertissement : il mourut, et on dut le rendre à la terre d'où il venait. Ce fut sa fille, née de son précédent mariage, qui, voulant réunir ses deux parents décédés dans la même tombe, organisa son inhumation, à côté de son ancienne femme.

Mais elle, loin de penser à notre future transformation en humus, notre lot commun, et de pouvoir modérer par là son ressentiment par quelque sagesse, tourna ce dernier entièrement contre sa belle-fille. De quel droit avait-elle pris la décision d'enterrer son mari au côté de sa première femme ? Qu'était-il désormais pour cette dernière ? Elle étouffait de jalousie. Mais on allait voir ce qu'on allait voir.

Elle intenta un procès, et le gagna. En voici les attendus :

Le Tribunal ordonne l'exhumation et la séparation des corps de ce couple de divorcés. Il fait droit à la requête de la nouvelle femme du défunt, qui n'a pas supporté que son mari ait été inhumé, à l'instigation de sa belle-fille, à côté de son ancienne femme. Les droits à la sépulture doivent revenir à la seconde femme, la première après le divorce étant devenue un tiers. Un délai de 2 mois est fixé pour le déménagement du corps, sous peine d'astreinte de 50 euros par jour de retard, payables par la belle-fille.

Enfin la justice lui était rendue. Elle savait bien que son mari ne pouvait être qu'à elle, rien qu'à elle. Et pourquoi alors ne pas aller plus loin, réclamer en plus des dommages et intérêts ? Pourquoi pas ?

Dans son emportement, elle avait du mal à respirer. Loin de toute paix, elle ne faisait qu'imaginer toutes les solutions de vengeance qui pourraient s'offrir encore. Et la haine la possédait toute.

... À quelque temps de là, elle mourut toute seule, emportée par un cancer.[1]

---

[1] Le fond de cette histoire est véridique. Source : AFP, 04/04/2014. Cette affaire a été plaidée à Blois.

PRENDS GARDE À LA CORDE !

Il voulait que sa vie ne contînt que des moments parfaits, que chaque jour pour lui fût dimanche, et qu'aussi il connût une belle et exaltante histoire d'amour. Il ne supportait pas la médiocrité de ses proches, la banalité de leurs propos, le peu d'exigence qu'ils manifestaient face à l'existence.

Qu'est-ce que vivre, si on n'en voit pas la raison ? Jouer aux boules, est-ce vivre ? Et encore mieux, regarder les joueurs de boules ? C'était là pour lui un symbole résumant, qui montrait le néant de certaines vies.

La prose générale des choses le repoussait. Il voulait voir partout la poésie, s'élever sur ses ailes, escalader le ciel. Qu'un permanent soleil incendiât sa vie, c'était tout ce qu'il désirait.

Aussi organisait-il ses moments pour éviter toute scorie, toute salissure. Et de ce fait, à mettre ainsi en scène sa vie, il faisait le vide autour de lui. Comme un grand aigle planant dans les hauteurs ne se commet pas avec la foule des petits oiseaux piaillant au ras du sol, aristocrate, il se voulait promis seulement au meilleur des choses.

Un seul ami lui restait, auquel il s'ouvrit de son isolement. Il voulait savoir son avis sur le destin qui lui était promis.

Son ami lui rappela le destin mythologique d'Icare, qui à trop vouloir s'approcher du soleil vit ses ailes fondre, et fut précipité dans la mer où il se noya. Et surtout il termina par cette phrase sibylline :

Prends garde à la corde !

Mais lui ne comprit rien à ce que son ami lui disait.

*

Quelques années passèrent, et progressivement il se rendait compte, l'isolement aidant, que son choix de vie n'était peut-être pas le meilleur qu'il eût pu faire. Sans doute avait-il présumé de ses forces, et risquait-il de perdre l'essentiel tangible en cette occurrence, de lâcher la proie pour l'ombre.

Finalement le genre de vie qu'il avait espéré ne pouvait exister que dans un autre monde. La prose de celui-ci était invincible. Il avait rêvé d'une belle histoire d'amour, comme celle de Tristan et Yseut. Mais pour la vivre les deux amants avaient dû absorber un philtre. Lui n'avait pas de philtre à sa disposition.

Alors il se demandait s'il avait bien raison d'être si exigeant dans ses rencontres. Et il soupçonnait que n'importe qui, de quelque nature que ce fût, pouvait satisfaire les plus sommaires de ses désirs. Qu'importait le flacon, pourvu qu'il eût l'ivresse !

Et il se vautra, comme le fit à la fin de sa vie le poète qu'il venait de citer, dans le marécage des sens.

Pourtant, il n'y trouvait pas le bonheur. Simplement un plaisir triste, toujours identique et engendrant à chaque fois on ne sait quelle amertume.

Qu'avait-il gagné, se disait-il, à transformer l'ange d'autrefois en bête de maintenant ? Du premier, il était passé naturellement à la seconde. Mais quel profit en tirait-il ?

Alors il se décida, une fois encore, à consulter son ami, sur le chemin qu'il avait pris

Celui-ci, à l'écouter, lui rappela un autre destin mythologique. Cette fois-ci c'était celui d'Héraclès. Il lui représenta le héros venant d'endosser la tunique de Nessus, un Centaure mi-homme mi-animal. Elle devait lui donner à nouveau du désir pour sa femme Déjanire, mais en réalité elle le consumait, victime d'un interminable incendie des sens, brûlé par un éréthisme sans pardon.

Et puis il termina, là encore, par la même phrase sibylline :

Prends garde à la corde !

*

Ne comprenant encore rien à ce que son ami lui disait, il le pria de s'expliquer enfin.

Il lui dit qu'on ne gagnait rien à se vouloir exalter et désincarner, comme Icare. Mais pas plus à se plonger dans l'enfer des plaisirs charnels, où l'on se banalise et abandonne définitivement son âme : d'abord on l'oublie, puis on oublie qu'on l'a oubliée. Aussi la solution à cette question était-elle figurée dans la réponse qu'à chaque fois il lui avait faite :

QUAND LA CORDE EST TROP TENDUE,
ELLE CASSE.
QUAND ELLE N'EST PAS ASSEZ TENDUE,
ELLE NE PRODUIT AUCUN SON.

LA TSF DE LA VIE

Il avait maintenant, lui semblait-il, compris les deux apologues d'Icare précipité dans les flots pour avoir voulu ensoleiller sa vie d'une éternelle poésie, et d'Héraclès brûlé par la tunique du Centaure, figurant le destin de l'homme consumé par le plaisir des sens. Enfin aussi il comprenait que l'homme n'est ni ange ni bête, et que qui veut faire l'ange fait la bête.

En somme, pas plus la voie de l'exalté que celle de l'homme ordinaire, banalisé selon l'expression de son ami, n'était souhaitable. D'autant qu'on passe très facilement de la première à la seconde, par réaction et dépit. Tant il est vrai qu'on bascule souvent d'un extrême à son opposé !

Il pressentait que là pouvait se trouver une piste, non seulement concernant le sentiment amoureux, mais encore le sens profond de la vie. Aussi consulta-t-il une nouvelle fois son ami là-dessus.

Ce dernier lui rappela que l'aphorisme sur la corde est attribué au Bouddha lui-même, dans son refus des positions extrêmes : qu'il s'agisse des Renonçants au monde, cherchant à lui échapper dans l'ascétisme, que des hommes ordinaires, bétail vautré dans l'étable des désirs vulgaires. Cette voie choisie par Bouddha, on l'appelle voie médiane, ou voie du milieu.

Mais, ajouta son ami, que dirais-tu si la clé de ton problème se trouvait dans la radio (ou si tu veux la TSF) ?

Devant son regard incrédule, il voulut bien lui expliquer ce qu'il voulait dire.

La vie, vois-tu, est essentiellement mêlée, composée d'éléments fondamentalement contradictoires. Vois : dans chacune de tes journées tu peux voir cette alternance. Une parole peut te jeter en enfer, et un sourire peut t'ouvrir le ciel. La vie est un torrent qui charrie tout indistinctement, pépites et embâcles, qu'y faire ? Il faut qu'il ait son cours. À cela tu ne peux rien. Cela fut et sera toujours.

Ou encore, c'est un volume où du Shakespeare est interfolié avec du Feydeau. Le tragique et le comique, le sublime et le prosaïque, l'émerveillement et le repoussant, tout s'y mêle.

Pourquoi te parlé-je de la radio ? Eh bien, on peut y entendre une musique sublime, et l'instant d'après, si la réception n'est pas bonne, on subit le grésillement des ondes folles, les parasites incontrôlés. Mozart toujours potentiellement violé par de la friture, telle est la juste image de la vie.

Mais dans la vie, à la différence de la radio, on ne peut zapper. Il faut tout prendre, on n'a pas le choix. Que faire alors ? Eh bien, tout simplement goûter pleinement ce qui en vaut la peine, et rire du reste, le mépriser et le laisser derrière soi, même si on ne peut le supprimer.

La clé dans toute histoire, et les histoires d'amour n'y font pas exception, c'est la capacité de faire preuve de distance, de vision élargie, bref d'humour. Bien sûr, le négatif des choses ne disparaît pas : l'humour est comme les essuie-glaces d'une voiture, ils permettent de mieux voir, mais n'empêchent pas la pluie de tomber. Mais enfin le sérieux empesé disparait, même si le tragique demeure, et on gagne beaucoup, crois-moi, à voir les choses en farce.

Toi qui cherches, m'as-tu dit, à vivre une belle histoire d'amour, tu n'y éviteras pas le prosaïque pur, l'imperfection radicale. Le jour même où tu voudras théâtralement et solennellement déclarer tes sentiments, tu pourras être tout transpirant et rouge, et on ne peut pas dérougir à volonté, ou bien bégayant, ou bien encore avoir un bouton sur le nez. Et si la fantaisie de prend de cohabiter avec l'objet de ta flamme, tu auras droit au syndrome des chaussettes sales, et au matin démaquillé. Ton rêve pourra y périr. Mais pas si tu adoptes la voie que je viens de t'indiquer. Émerveille-toi des beaux moments, méprise les autres. Accepte la loi mêlée de la vie :

LA VIE EST FAITE DE *OH !* ET DE *BAH !*

TABLE

DU MÊME AUTEUR
chez le même éditeur (www.BoD.fr)

Savoir aimer – Entre rêve et réalité (2022)

Aimer au sens humain du mot n'est pas quelque chose de spontané. Cela s'apprend tout au long de la vie, et par une réflexion à quoi ce livre veut contribuer.

Il ne défend aucune vision normative de l'amour. Il traite d'abord de l'amour-passion, qui se nourrit de désir et de rêves. Puis de l'amour-compassion, qui affronte le réel.

Ensuite il met en lumière les dangers qui guettent l'un et l'autre : l'oubli d'autrui pour le premier, le sacrifice de soi pour le second.

La dernière partie montre ce que pourrait être un bon usage de l'amour, exempt de ces deux dangers, et triomphant de la prose de l'existence au moyen de l'humour.

260 pages
ISBN: 9782322458394

L'Humour – Un remède au désenchantement (2024)

Ce livre raconte un itinéraire personnel, un chemin de vie, où le sourire de l'humour apparaît comme un remède, un moyen de conjurer, sans la nier, l'essentielle imperfection de l'existence.

100 pages
ISBN: 9782322521821